昭和維新人のつぶやき

ニッポンの戦前・戦中・戦後を顧みて

榎本 眞［著］

目次

プロローグ

昭和天皇統治の初期に独特の国家思想の教育環境下に育ち、満州事変から大東亜戦争にいたる過程をへて、結局、敗戦に終わった日本の激動時代に幼少期をおくり、戦後は平和な日本の再発展下で起伏にみちた人生のあゆみをとげたひとりの男のつぶやきです。

よくいわれることですが、五歳から十五歳頃の十年あまりの、発育・教育期にインプットされたさまざまな知識や情報はほとんど忘れずに、八十年余の人生中に随時アウトプットされます。このようにまったく異質の教育を過去にうけたわれわれは、占領国のアメリカのみでなく、共産思想のソビエト・中国などさまざまな国からの影響により、時には意図的に変質された教育・思想・政治形態などの変化にもまれながらみずからなやみ、考え、反省し、つねに自己研鑽をしながらその後の人生をきりひらいてきたためか、現在の戦後派ぞろいの世の中ではまったく特異な存在となった日本人です。

しかし、宗教や教育の矛盾を指摘し、島国日本の特異な歴史的背景の認識から戦後のまやかしや社会人としての行動の批判や、この国の将来への危惧についての意見に関心がもたれれば、すぐれた感性や理性をもつ若者の力で現状より良い希望的・理想的な社会が実現することも夢ではないと思います。

いっぽう、過去一世紀ちかくの時代におこっためざましい技術革新、たとえばコンピューター、光ファイバーなどによるインターネットの実現や、LED、CNF、ロボット、発電などのハード面と、蛋白・栄養素・酵母・遺伝子などやホルモン・免疫・脳神経機能をはじめとする生物界でのさまざまなあたらしい知見によるソフト面の進展をふまえ、まさに第四次産業革命（佐藤隆三）をむかえようとする現代です。

このことは一見、夢のようなうれしいことですが、今後の時代に生き、日本をになう責務をもつ社会人の人間模様をながめると、残念ながら国家人としての誇りに無頓着で万事、被害者意識にたけたひとが多いためか、生まれ育ち愛着のある日本の国の将来があやぶまれます。

その軌道修正をねがう一心《いっしん》もこめ、本書が幾分でも興味をひき、理解を得られればうれしく思います。

第一部

庶民として

時代の背景

A　戦前、戦中、戦後にかけて成長期・青春期をおくった人生

人間の一生のなかでもっとも人としての基盤が形成される時期に、戦争という試練に遭遇する運命をもつことは、中東地域やアフリカの一部の国をのぞいては少なくなったようです。

しかし、依然として人間同士の殺し合いが日常たえない現実をみると、自身に戦争の体験や実感がないため戦争と平和の問題に安易で感傷的に反応しているひとが多く、著者らの体験を伝える意義があると考えます。日本で大正末期から昭和初期に生まれたひとは、今ではごくかぎられた層に属しており、発育期に神国日本の教育をうけ、終戦ではなく文字通り敗戦日本を生きながらえ、かずかずのつらい体験を通して国の再建に協力したこの層こそ、まさしく昭和維新人とよばれるべきでしょう。

とくに人間形成の大事な時期に教育環境の変化を実体験し、ある意味では人間社会の精神面、生活面のピンからキリまであじわうことで、世の矛盾や災難と試練の大事さを

経験することになった貴重な年代人と思います。もちろん生まれ育った地域や生活環境の差などによる個人差はありますが、どん底からはいでた人間の生きざま、貴重な役割をはたしたという意味で、彼らの生涯はこれからのひとたちの道標《みちしるべ》として評価されたいものです。

まず戦前の教育環境といえば、小学校の日々の朝礼としてご真影《しんえい》「天皇の写真」に一同頭《こうべ》をたれ、校長のよむ教育勅語をきき、暗唱し、最後に君が代を厳《おごそ》かに歌うことでした。

学校では道徳教育を修身《しゅうしん》科目として受け、孔子の教えなどによって、とくに親への孝行心をちかいましたが、そこには子供の幼《おさな》さのためか疑いをいだくことはなく、すなおに受けいれました。

万世一系の「あら人神《ひとがみ》」に対する畏敬の念をもち、遥拝《ようはい》の習慣、たとえば日常でも神社をとおりすぎる際は立ちどまって学生帽をぬぎ頭をたれたものです。

また、東京の市電にのって皇居の二重橋のそばを通るときには、乗車中の全員が立って皇居にむかって遥拝したことも思い出しますが、これらはべつに抵抗感もなく、自然に子供たちにそなわった習慣でした。

学校教育でならい、今でも口ずさむことができる「父母に孝に、兄弟に友に、夫婦相和し、朋友相信じ、恭倹己を持し、博愛衆に及ぼし、学を修め、業を習い、以って智能を啓発し、徳器を成就し、進んで公益を広め、世務を開き、常に国憲を重んじ、国法に遵《したが》い、一旦緩急あれば義勇・公に奉じ、以《も》って天壌無窮の『皇運』を扶養すべし」など、決して空虚なことばではなく努力目標でした。

軍部情報におどらされ、当時の朝日・毎日新聞をはじめとする大新聞によるマスコミ特有のあおりやおしつけも加わって、過度の日本魂高揚を謳《うた》う大人たちのすがたがありました。それが当時の、いや現在でも新聞が好んで使う「民意」の象徴でした。とくに銃や短刀を常時身につける軍服姿の憲兵・将校や制服警官が闊歩《かっぽ》し、威張りちらしていた光景も日常でした。

しかし戦勝気分のわずか数年後には、国家の負け戦《いくさ》によりどん底におちいった生活、特に食生活の窮乏と、みじめな衣住生活による転落的な人生を、空襲・爆撃などによる実害も加え、多くの国民が直接体験することになりました。

電気もつかず、水のとぼしい不自由な生活に耐えることをしいられ、子供たちも甘い菓子などへのあこがれも、はやくから贅沢《ぜいたく》はやめようの掛け声のもとにあきらめました。次第に食物の欠乏やまずさにならされ、戦時服に男性はゲートル着用、女性はお化粧なしのモンペ姿などが戦後もしばらく続いた日常の光景でした。

日本の内地でも、今考えると黄色人種、とくに日本人をきらい、蔑視《べっし》する欧米由来の白人たちによるテロ的な計画によって、意図的に一般人を死にまきこむような都市空襲に晒《さら》され、東京でもＢ29の爆音、空襲による爆弾・焼夷弾の雨あられを日々体験することになりました。消火訓練などのほとんど生かされないすさまじい火災や突風、近くにおちる爆弾、焼夷弾の音や振動に恐怖をおぼえる日々でした。

また、空襲後には周辺に焼けこげ、頭に爆弾をうけた死体などを目にする悲惨さも、あすには自分も同類になることを予想させる地獄絵でした。戦後もしばらくの間はとびかうＢ29の爆音が耳について夜もうなされたことを思い出します。

家屋など一切の焼失によって思い出や家宝などをうしなったことによりおちいった、絶望にちかい無力感は、大人とちがい子供たちには感ずる度合いはいくらか少なく、ただひたすらに生きる本能のまま一日一日をすごしたように思います。また自暴自棄にならなかったのは、同様の状態におちいったひとたちがたくさんいたことや、個人的にはみずからをはじめ、家族や親族の生存への感謝によって、生への執着や克服心をうしなわなかったのが原因でしょう。

亡くなったり、怪我をしたり、親族をうしなうなど悲しい運命を体験したひとたちには、空襲や原爆、はては敵の上陸による戦場化など、それぞれの立場の差異はあっても被害者本人にとっては同様の苦しみ・恐怖だったはずです。

とくにあわれだったのは親や家族をうしなった年齢の一桁《ひとけた》代の孤児《こじ》と戦傷軍人でした。町中に散見されたかれらのすがたはいまでも目に焼きついていますが、当時の政治の貧窮による対策の欠如は教育の混乱も手伝って、戦前にはなかった過度の被害者意識層を育てるきっかけをつくりました。

戦後に原爆や沖縄での体験をもったひとたちもとくに同情を得たり、補償をうけたり、半世紀をへても悲劇の対象としてあつかわれていますが、不思議なのは通常の空襲などで苦しみをうけたが、まったく補償などをうけていない庶民も多い事実に対して、被害者意識をあおるマスコミでもその矛盾を指摘したことはありません。

マスコミの対象とならなくても、自己の運命を当時の状況下での試練としてあまんじて我慢して耐え、不平もいわない本来《ほんらい》の素朴な日本人さをつらぬいてきたひとたちにこそ愛着をおぼえ、彼らの人生のあゆみに目をむけ、耳をかたむけたいと思います。

筆者が昭和初期生まれのひとたちをあえて「維新人」と名づけたのは、古い日本人と戦後の欧米民主主義の国で教育をうけたひとたちの両方にじかに接し、新旧のよさ、まちがい、将来の日本に必要な心がまえをみずから考がえて、国の進路・発展をそれぞれの立場で斟酌《しんしゃく》して努力をかさねたひとたちであるからで、それぞれの個人差の大きなこともふまえて、日本の歴史に残るべき姿として提唱したいからです。

このひとたちに共通している点はすでにのべたように、戦前、戦後の窮乏、飢えなどどん底の生活経験とあわせ、なによりも精神的に敗戦という屈辱と、戦後に知ったかずかずの事象、事実から過去に信じた教育内容の完全否定につながるような言動へのおどろきや疑問をいだくという特異な体験をしていることでしょう。

しかし、幼少期にインプットされた教育内容にひそめられたプラス思考のおかげで、物事を納得いくまで検証し、証拠にもとづいた知見をもとめ、みずからの反省もかさねて判断する道からはずれることはありませんでした。その道は徐々《じょじょ》でしたが、人生の長いあゆみのなかで舗装されておのれをみちびいたと思います。

筆者が十七歳の時、昭和二十一年に新憲法が制定されましたが、その経緯や内容は当事の進駐軍（占領軍）の監督下で、なによりもまた軍国日本にしてはならないという彼らの思惑や、米国人のとくに理想主義的な方向をもとめる立場の考がえが基盤となって戦争放棄・平和主義をもりこんだものができたのは、それなりに当時は納得しました。

皮肉なことに現代の日本では、進歩主義者・市民運動家や共産主義的な思考をいだくひとたちがまるで自分たちがこの憲法を制定したような気分《きぶん》で、「平和憲法」として護憲をうたっている点です。

拉致を実行し、反米をとなえ、親族を殺すような指導者に支配された北朝鮮の存在下のなかでも、日本だけはこの憲法のおかげで戦争とは無関係になれると考えている愚かものとしか思えません。

人間はだれでも戦争のない平和をのぞむのはあたりまえですが、本当に平和の実現をのぞむのであれば。まず国連や戦争下、テロ頻発下の国にみずからおもむいて戦争・テロ放棄を説得し、各種の宗教家・教育家との国際会議を提唱し、率先《そっせん》して人間殺戮《さつりく》の中止をよびかけるべきです。ですが、ふしぎなことに日本の平和運動家はマスコミをふくめそのような実践心、実践力をもちあわせていません。憲法改正反対をかかげる傾向をもつ日本のマスコミが、欧米や中近東との同業者に日本の平和主義への同調をよびかける動きなどは皆無です。

戦後五十年以上たったのですから、過去に戦争をしかけ、捕虜や一般人に非人道的な行為をおこなった祖先・先輩を恥じて、アジアをはじめとする諸国に協力をし、新しい日本のゆきかたを金銭ではなく実践によってしめす心意気が大事《だいじ》です。

われわれは当事者の年代ではなく、責任ももてない幼少期でしたので、懺悔《ざんげ》をするのではなく、過去の日本の悪行を償《つぐな》う行動をすべきであり、筆者も三十年以上も前から十回にわたってお隣の中国を訪問し、当時の中国に欠けていた医科学技術や知識の指導をしました。韓国にも同様な目的で五回ほど訪れています。

もっぱら過去の敗戦被害者、とくに原爆被害者の立場から戦争や原爆中止を強調するのも結構ですが、せまい家族主義、安泰主義の島国根性人にとどまるのはそろそろやめましょう。

B　生活環境・生活史の変遷

明治から大正をへて昭和初期へと欧米の文化などが徐々に影響をあたえ、日常生活のなかでのさまざまな変化は、半世紀から一世紀近くのわれわれの生涯に出没しました。ひとりの高齢者の記憶には限られた面もありますが、昭和の日本人の生活環境や生活史をしめす一端としてこの章で紹介してみたいと思います。

戦前でも日本の子供たちは遊びにはことかかない環境で、縄跳び、竹馬、白墨で書いた地面の輪印群をまたいでの飛び遊びや、凧揚げ、野球、鬼ごっこ、かくれんぼ、石鹸水でのシャボン玉とばし、模型飛行機、ゴムを使用したパチンコ、空気銃うち、三輪車、自転車、面子《めんこ》、コマ回し、双六、カルタ遊び、スイカ割りなど遊びの種類はけっこう豊富でした。

竹や木の枝を利用した刀で斬り合いをし、帽子のかぶり方で戦艦、駆逐艦、潜水艦に相当する仲間を区別しておいかけまわるといった戦争色を帯びた遊びもあらわれました。決まった時間に自転車でまわってくる紙芝居屋のまわりで、見物代の一部としてくれる駄菓子をなめながら見入る子供たちの風景も日常でした。

また、小学生時代、相撲のラヂオに聞き入り、駄菓子屋でお相撲さんの写真（プロマイド）の入った袋をひいて、好きなお相撲さんの写真があたるとよろこんだりしました。本屋でもおまけつきの「少年倶楽部」や「小学何年生」の新刊がならぶのを待ちました。サクマドロップ、森永や明治のキャラメル、おまけつきのグリコ、キャラメル、チューブ入りのチョコレートや板チョコをなめ、食べたときのおいしさも忘れません。

夜になると満天の星空には、北斗七星や北極星をふくむ星などが当時の東京の市内でも結構いっぱい見えました。これは都会でも大気汚染がほとんどなかったこと、夜空を明るくする店や住宅などの光も少なかったからです。

月見には団子、彼岸の焼き火、神社のお祭り、花電車の運転やチンドンヤの練り歩き、提灯行列などを見たことも楽しい思い出でした。

幼少年時代には、主要な通り道に北の荒川の戸田橋をわたってきた埼玉の汚穢《おわい》車を引っ張る牛や馬の姿が見られ、かれらの糞が家の近くの道に残っているのも見なれた光景でした。

よく見る生きものとして、現在でもたえないハエ、カ、ハト、スズメ、カラスに加えて、何種類もの蝶、トンボ、クモ、バッタ、キリギリス、コオロギ、ミズスマシ、蟻、シロアリ、蟻ジゴク、ナメクチ、ホタル、ミミズ、ウジムシ、カエル、ヘビ、コウモリ、ネズミ、店先に巣くうツバメ、ヒバリ、ウグイス、フクロウ、伝書バトなど、家の庭をはじめ市内にはどこでも日常、見られました。犬や猫をはじめ、カナリア、オウム、文鳥、ハツカネズミ、金魚、鯉、カエルなども飼育されていました。生物の世話は生態観察に大事な対象でしたが、当時はノミやダニがよく犬、猫についており、直接の被害は少なくても気持ちのよいものではありませんでした。

ちなみに､当時は「ブリキにタヌキにチクオンキ」とか､「親子ドンブリ・お寿司・弁当・サンドウィッチ・ラムネにサイダー・牛乳」など他愛のない連語なども覚えたりしました。

成長期の環境として前述のようなさまざまな光景や経験に恵まれた一方、日常生活のなかで物の変化、とくに便利さの向上につながる技術的な進歩の恩恵をうけることができました。

なお、当時の日本の国内には多くの要塞《ようさい》地帯があり、その地域は市販の地図では白紙でした。たとえば葉山や横須賀の軍施設に近い地域内をカメラ持参で歩けば、憲兵などからスパイ容疑で逮捕されました。したがって旅行も自由な企画で楽しむことなどできない状態でした。

道具類の変遷も、思い出すだけでも多岐にわたっていました。鉱石ラジオにはじまり、真空管、トランジスターなどを使用したラジオ、蓄音機、電話、テレビ、カラーテレビなどそれぞれの登場に目をみはり、その発明史にも興味をいだきました。

昭和の初期には鉱石ラジオは子供にとっての模型の対象でしたが、市販のイヤホーンでは音が小さくて困ったこと、しかしたまたま家にあったこわれた電話の受話器をつないだら性能がよく聴こえるようになったのにおどろき、おなじ機器でも性能のちがいがこのようにあるのかと印象的で、今でもおぼえています。

情報伝達の手段としても、手旗信号にはじまり、モールス信号、電波の活用、電話も番号のかいてあるダイヤルをまわす形式から、プッシュホーン、携帯電話、インターネットの光回線、リモコンの活用・進歩など古い時代の人間には追いつけない情報機器の進歩が続きました。レール上の模型電車・模型汽車、ドイツからの輸入品、メルクリンの模型電車・汽車、それらのパノラマ化に没頭する大人たちがいました。

紙飛行機、模型飛行機、エンジン付きのヘリコプターからリモコン操作やＰＣによる自動化も遊びのなかで生まれています。現在では各種のロボット機器開発、はては、無人飛行のドローンなどへの発明品のかずかずを目のあたりに見、また学生でも自分で作成りできる時代になりました。

家庭生活面では、母たちが水場で洗濯板をつかいながらかがんで洗濯する姿が、戦前・戦後の日常の風景でしたが、やがてアメリカの影響で手動の洗濯機にはじまり、ついには自動洗濯機も登場しました。掃除はもっぱらほうきと叩《はた》きをもちいていましたが、戦後しばらくしてダスキン、電気掃除機、ロボット掃除機と掃除の道具にも革命的な進歩がみられました。

寺や消防署屋上にある鐘、呼び鈴、自動報知器など音での知らせにも変遷がみられました。

夏は氷を毎回購入して使用する戦前の箱型冷蔵庫にはじまり、戦後しばらくしてこれも電気冷蔵庫、低温室超低温室、液体窒素など低温、冷温の機器の発達をみせました。子供の頃アイスキャンデーを食べたくて、氷に食塩をくわえたりして試験管の周りの温度をさげ、管のそこに入れた甘い水に箸の棒を差しておいてつくるのが楽しい遊びでもあったのです。

氷は毎日配達してきましたが、お勝手の前で大きい氷をのこぎりで小さくしてくれました。ついでに少年の納豆売りをはじめ、豆腐屋や魚屋さんが道具を肩にかついでラッパを吹きながら通りを過ぎるのをよびとめ、台所の戸口の前で魚をとりだして切り身などをつくってくれるのをみたりしたものでした。

カメラも太陽光で印紙に焼く玩具物から始まり、一眼レフをはじめ、日本やドイツなどの高価なものが店頭にならび、またカメラ雑誌で写真を見たり、大学生になる安いカメラでとったフィルムを仮設のあやしげな暗室中で現像・定着したりするのがおもしろく、熱中したものでした。使いすてカメラの登場にはじまり、デジカメ、携帯電話についたカメラ、赤外線カメラなどの変遷も、今の若い世代は知らないでしょう。

戦後は三十五ミリや八ミリ撮影機などの映写機、自動撮影機、投影機などの映像装置、望遠鏡、天体望遠鏡などとつぎつぎに新しい発明品が登場しましたし、白黒フィルム、カラーフィルム、自動現像フィルムなど、この領域の進歩もいちじるしいものでした。

驚いたのは、戦前にアメリカ出張から帰った父の土産に八ミリ撮影機やカラーフィルムがすでにあり、父が米国で乗った飛行機からとったカラー写真などに当時、小学生の自分が感激した記憶もあります。日本で市販のカラーフィルムの登場したのは戦後十年以上たってからでした。

成人して病理医としての仕事をしましたが、顕微鏡は生涯離れられない道具でした。

これも単眼から両眼の顕微鏡の登場をへて、さらに蛍光顕微鏡、写真撮影装置、実体顕微鏡、電子顕微鏡などミクロの世界の観察機器にも大きな発展をみました。

医学部の病理学教室に入室した昭和二十八年頃の新米《しんまい》時代は、太陽光の受光による古い顕微鏡での観察にあまんじていました。しかも、学生実習と同様に単眼の顕微鏡で片目をレンズにあててみながら、その像のスケッチと観察記録などに専念する日常でした。硫酸銅水の青い色を通した光を下からあてて、観察できるのは先輩たちに限られていたので、われわれ新米は先輩らが夕方、帰ってからその装置をこっそり拝借して観察したものでした。

顕微鏡での仕事が多かった関係で、「職業病」ともいえる白内障に六十歳頃から悩まされ、七十歳になって両眼を人工レンズにかえる手術をうけました。しかし、十八年たった現在でも立派に機能してくれています。ただ高齢で何事にも目の疲れるこのごろです。

医療の分野での機器の開発歴史もかがやかしいもので、レントゲン装置、CTスキャン、超音波、MRIなどなど、目覚しい技術・機器の発展がありました。レントゲン写真の画像診断のみでなく、聴音、心電図、脳波などの生理学的検査機器、消化管などの内視鏡、血管内にカテーテルを挿入する検査や手術など診断や治療上の進歩をとげてきました。

また薬の分野でも従来のアスピリン、胃散、ひまし油、クレオソート、赤チンキ、メンソレナータムなどの一般薬と、富山の薬売りの定期的な訪問による漢方薬から、合成殺菌剤、アドレナリン、反アドレナリン作用系などの薬品を経てペニシリンの登場にはじまった各種の抗生物質の開発、抗がん剤などから現代では、バイオ系薬剤など飛躍的にいろいろな薬の開発と適用による各種疾患の治療が可能となりました。

驚くことに、前述の古い薬は今でも結構効いて役立ちます。

また手術、麻酔などの領域でも実体顕微鏡や遠隔操作などの手技や注射器、注射針なども改善され、皮膚をはじめとする各種臓器移植、形成・美容外科などもさかんになっています。

筆者自身は、スポーツとはほど遠い人生を歩み、運動分野の情報にうとい立場ですが、スポーツも健康志向とむすびついて日常生活の一環として発展がみられました。運動に励むひとたちの増加も選手の活躍への関心、応援と並行していちじるしく、同時に技術や素材開発の進展で運道具の質的改善や、商業的な発展もスポーツ界をもりあげました。

美容の化粧剤や日焼け止めクリーム、副腎皮質ホルモンなどをふくむ皮膚薬、洗剤、香料、染色などの領域や蚊、ゴキブリ、カビ、細菌などに対する殺虫薬や家庭常備の消毒、消臭化学物質などの開発の面でも、現在では多彩なものが登場しています。

また、美容界と並行して服飾界の発展、とくにファッションのさまざまな流行・変遷も著者とはあまり関連はありませんでしたが、すばらしい進展をとげた分野でしょう。

人間の生活の余裕や食生活の充当とあわせ、ペットへの関心や愛着は動物愛護とむすびついてめざましいものがありました。同時にペット産業といえる餌《えさ》のみでなく、さまざまな素材が開発され、ペット数を急速におしあげ、人間関係以上の愛着などを生み出しています。学問的にも大動物の家畜への関心や対策からペット領域に移行して獣医学のみでなく、飼育技術や美容分野の発展をともなっています。

音楽の領域では、手動の蓄音機、三十三、四十五、七十二回転のレコード盤、電動蓄音機、ラジカセ、自動演奏装置などがつぎつぎと登場し、ついにはカラオケ時代となりました。

「りんごの歌」にはじまり、「お山の大将」など明るさをもとめる歌々が戦後の重苦しく陰気な日々をはげましてくれました。

戦前でも歌は年代層でちがい、童謡やかずかずの子守唄、また、故郷の歌やホタルの光などの学校唱歌からはじまって、軍歌、応援歌、寮歌などの青春歌が町にながれていましたし、演歌も子供たちにとっては大人の世界の歌でしたが、ラジオやレコードから耳に入りました。

楽器も古くからあった三味線、笛などからハーモニカ、手風琴、木琴、オルガンやモダンなピアノ、バイオリン、ギターなどはありましたが、その後、エレクトーン、シンセサイザーなどの戦前にはない楽器も登場しました。

戦後の自由な環境では欧米の歌の導入が大きな影響をあたえ、ジャズ、シャンソン、ロック、ホップス、フォークソング、アイドル歌など、演歌、民謡などの日本固有の人生歌やさまざまな労働歌、ロシヤ民謡と共に賑《にぎ》やかさを加えました。

文房具の世界でもその変遷は、定規、そろばん、計算尺、電気計算器、電卓。墨、硯、毛筆、鉛筆、万年筆、シャープペンシル、ボールペン、カラー鉛筆、クレヨン、水彩画道具、消しゴム、消字道具、紙テープ、スコッチテープ、両面テープ、アラビアゴム、ボンド。

その他、タイプライター（英語・日本語）にはじまり、ワープロ、パソコン、自動翻訳機、音声翻訳機など新しい道具の出現にはおどろくばかりです。

これらの技術は世界のかなり限られた地域の国や民族のなかで発見、発明をとおして、また自然や生活環境中の現象の観察や探索をへて生れたと思います。そこでは人間の理性が働き、また手技のみがきを重ねて発達、発展をしめしたおかげですが、感性のみがきも加わって、すぐれた形、音響、色彩、機能などを付加し、「芸術」のレベルにいたったものもありました。

また、音楽の世界のみでなく、日常生活の便宜さ、効率化、情報伝達の道具、機能更新などのうえにも役立ってい、きました。たとえばテレビでの音楽映像の変遷もすばらしく、一九六〇年代の映像技術は現在では陳腐《ちんぷ》に見えます。

洋楽グラフィティを六十年代から、七十、八十、九十年代とたどってみると、音楽の変遷はもちろん、演奏のバック映像のプレゼンテーション技術の発展はめざましいものがあります。

また、演奏側だけでなく、聴衆の反応も世代の変化がきわだっています。歌のグループも六十年代の Smoky Robinsons and Miracles, The Beach Group などから Beatles の登場にはじまり、ロック、ソウルミュージックなどなどこの半世紀のあいだには多くの変遷がありました。

過去の遺物となった言葉にはウラナリ、もやしっ子、おしとやか、しおらしい、気立てがよい、ひかえめ、謙虚、互譲、貞操、貞淑など。格言には、「金もなければ、死にたくもなし」、「よいごしの金はのこさず」、「武士は食わねど高楊枝《たかようじ》」などが思い出されます。野に咲く花のような素直さを身上に生きるひとも少なくなりました。

過去の階級用語の「士農工商《しのうこうしょう》」で思い出すのは、小学校に入った当初、わが家の区別としてこの士農工商についての記入欄があり、自分の家はどれに属するかを親に聞いたものでした。

服装も戦時中になると、中学生以上の男子はみなカーキ色の戦時服を着、足にはゲートル着用、下着の猿股《さるまた》、時には「ふんどし」をつけ、腰には手ぬぐいをはさんだ姿が普通でした。女性は台所での白いエプロンを着用し、モンペ姿が多くなり、お化粧も次第にしなくなりました。

戦後は、ジーンズなどが次第に普及し、現在の六十〜七十代の男子は着用するひとも多いですが、それ以上の年齢である昭和の一桁年代では、さすがにほとんどいません。かれらは散歩でも運動靴にはなじめないのです。

鞄を手にさげるのは今ではばやらず、リュックのように背中に担《かつ》ぐ姿が普及していますが、ウルトラ高齢老人には異様にみえます。

飲料水関連も、医薬品の会社が開始した各種のドリンク剤の販売、普及が自動販売機の出現も手伝ってさかんになりました。硬水や汚染水が多い国での販売は納得しますが、きれいな水にめぐまれた日本で、水まで買って飲むという習慣など思いもつかないことでした。しかし、都会の上水が消毒上、塩素類を使用して味の劣化をまねくために飲料水の販売や蛇口などでのフィルターの使用も普及しています。ただ、筆者はフィルターも使用しないで水道水を八十年以上にわたり飲んですごしました。

何がなぜ大事なのか

Ａ　宗教――殺人鬼になる宗教家

神の存在を信じ、人間の使命をさとる教えを得るのが宗教です。人間が宇宙のひとつの天体である地球の自然界下で生きる場合、いかに高等な生物と自認し、感性や理性に富んでいても、困難、不幸、病気、天災（地震、津波、暴風など）など防御や解決の不可能な事態に遭遇します。

万能で完全ではない人間が、「神」に運命を託してさまざまな宗教を信じ、それぞれ、お経や聖書、コーランを熟読して教えをならいます。宗教界でのすぐれた先人、預言者たちに対しても尊敬をいだき、自身の行動や言動に反省し、敬虔《けいけん》さや感謝などの念をしめし、人間集団の生活をいとなむ社会のなかで、おのれの人生をまっとうすることに努力するのは、頭《あたま》（脳）が発達して考える力をそなえた人間だけの生《い》き様《ざま》です。

古来さまざまな宗教が世界中に生まれましたが、なかでも人間社会の差別を否定した教祖ムハマッドは、神、アッラーフはひとの目にはみえない天界におり、その教えをムハマッドがコーランによって伝えました。

しかし、一般庶民にコーランの教えを伝え、説くためにえらばれた人間であるイマーム（指導士）のなかには、この教えを曲解し、布教に配慮の欠けたひとも少なくないのです。世のなかの流れや自然界の観察・検索からえた知識の進歩を学ぶことをおこたり、勝手な自己判断から、陳腐《ちんぷ》な思考、すなわち、古い規制のみにこだわり、人間の根本的な権利の平等化を無視して、他教徒や一般庶民に偏見やテロ行動を扇動《せんどう》して憚《はばか》らない宗教指導者がおり、嘆かわしいかぎりです。

かれらもひとである以上、人間の頭（脳）による思考はいかにすぐれたものでも、限界のあることをさとる謙虚さが必要です。

とくに「時代の流れ」の意味、意義を正しく受けとめて判断する能力に欠け、時代の諸環境、すなわち感染・衛生・食生活・栄養・人権・科学的・医学的な知見などの歴史的変化を理解する努力を怠っています。人間の健康や幸福をささえる食生活や感染症、寄生虫などの食品衛生などの諸環境の改善、性別による規制の緩和や撤廃、異なった民族・種族の共存などを指向し、人間生活の向上や人権などの平等化のための正しい教義を伝道することが宗教指導者の務めです。

現実社会の宗教家たちには今なお人間社会の歴史的発展を直視して、宗教教義のマイナス面を改善し、理性的な思考を尊重する努力に乏しく、依然として中世期のキリスト教牧師などと同様に、古い体質をかたくなに温存するという情《なさ》けない状態がないとはいえません。

たとえば、豚肉摂食の禁止はムハマッドの時代に寄生虫などによる危険性があったからであり、女性の隠《かく》れ蓑《みの》志向は、男女同権の意識のうすい人間社会の未熟性にもとづくものですが、神の教えの絶対性をはきちがえて古い教義の温存に終始するというおろかな選択を持続しているのにすぎないようです。

同じ宗教の教徒たちがおろかな指導者が招いた国の戦禍にみまわれ逃避を試《こころ》みているのに、異教徒でなりたっている欧米などに移民を向かわせています。そこでさまざまの悲劇がおきていることには無関心で、自国への受け入れや施《ほどこ》しには積極的でなく、貧窮者への救いをとなえる教義からの逸脱《いつだつ》には無頓着《むとんちゃく》のようです。もし他の宗教を信じるひとたちの多い地域への移民がやむおえない場合には、その地域に順応して戒律をゆるめる配慮が望まれます。

日本では、仏教信心者の多くや地域の神々を信ずる人々には祭祀のみを尊重し、利己的なな神だのみや縁かつぎに終始し、よそものへの寛容者や理解への努力が欠けて真の宗教の信心とは異なった仕打ちをするひともいます。

日本人は不信心とよく外国のひとにいわれますが、こうなっているのは無理もない理由があります。

戦前、とくに明治維新以後、天皇は神であり敬うこと、神国は万世一統の天皇が国民の中心で、忠をつくすことが国民の本分であると頭からつめこまれた強制教育をわれわれは受けており、幼少時にはそれに対していっぺんの疑いももちませんでした。このように幼少時からインプットされた島国・日本の偏狭な教育があやまちであった、と占領下の日本で禁止されました。天皇もあら人神ではなく、人間であると自身で宣言された戦後では、日本人には信心の対象を求めることに深い迷いを生じたのは当然です。

迷える羊になったわれわれは、それぞれの気持ちや考えで思考錯誤をくりかえす運命におかれたのでした。このなかで多くの日本人は、それぞれ地域に伝わる氏神などを尊重し、寺では仏の存在をしめす伝道の法師や上人の姿や教えに、むしろ人生学の教育者として僧侶に対しての尊敬を深めています。

蛇足になりますが、筆者の母方の従姉妹にあたる長瀬東子《はるこ》は、満州の開拓などに努力した中山公威《きみたけ》と結婚しましたが、戦後は郷里の田布施で天照皇大神宮教の秘書のような仕事をしました。この宗教には元横綱の双葉山も入教し、踊る宗教といわれて一時、話題を誘っていたことがありました。

なお、宇宙的規模の世界の存在を星のある天空に求め、アラーフの神を人間の上の存在としてあがめたイスラム教や、人間の形で神への信仰を説くキリスト教、自己民族への賛美を信仰のかなめにしたユダヤ教が生まれた人間の神学史にも興味をもち、宗教活動の実情にふれたり、個人的に自分を精進するための勉強をすることが大事でしょう。

もちろん、近代では共産主義の元祖《がんそ》、マルクスが指摘した、宗教は阿片のようなものとの考えが浸透して、信仰心を軽《かろ》んじた風潮のあることも否定できません。日本では戦後、当時の高校生、大学生や若い労働者をはじめ一部の教師も共産主義の宣伝・書物などに影響されて思考的な虜《とりこ》になったのが事実で、熱心に討論し合う姿を思い出します。

しかし、当時は討論に勝つことが優位とされ、よい意味では言論的な競いをしてそれぞれの知識をおたがいに戦わせる日々でした。しかし、やがて口先の討論に嫌気《いやけ》やむなしさを感じることが多くなりました。とくに口先のみで日常の実践にかけ、理想的な思考とは矛盾した行動をしめすひとたちが共産主義者などにおり、庶民が次第にこれらの思想からはなれていく原因のひとつになりました。たしかに、貧者や弱者への味方と口先でいいながら、日常の生活面などではその味方とはほどとおく、自己本位な行動をしめすひとも少なくない事実には疑問を感じます。

個々の人間は所詮、この宇宙のなかでは何十億もの人間の一員であり、ケシの粒のような存在です。ひとは孤独なもので、個人の命は自己のみが管理、維持し、一生をまっとうする運命をもちます。自我は自己の存在表現として大きく感じますが、生命活動は本能を基盤に日々の活動を制御され、どんな人間でもいつしか病《やまい》によってバランスを失ない、そのはたらきを阻止されるものです。自己のアピール力もおとろえ、自然体のかたちで一生を終えるのやぶさかではありません。

生きてきた過去に感謝し、来世を夢みて生命機能に幕をおろす日を迎えましょう。

B　教育　教育者は宗教家と同様に重大な責任をになう

教育は個人個人に対する人間社会の教義や知識・技術の伝承ですが、教師を労働者と自認してはばからない戦後の日教組に属する教師は、人権のみを強調して社会人としての義務を軽視し、責任感に欠け、半面、被害意識の強い教育をおこなってきたように思います。世の偏差値教育の一環として、生徒は学習書から受身的に知識を習得し、時のマスコミの伝承する用語を覚えるなど、断片《だんぺん》的な知識の蓄積に努力をしました。

人を教育する重責を負った教師自身が労働者に甘《あま》んじたおかげで、型にはまった人間の人権をうたう半面、古来伝承された、社会のなかの人間としての道徳や社会人としての義務感がおろそかにされ、利己主義的な人間形成をまねいてきた弊害はきわめて大きいものでした。とくに大事な人間形成の時期への影響をあたえる小・中学生の教師の責任は見過ごされません。欧米にめばえた個人主義とは、権利とともに社会人としての義務であることを知らず、利己主義こそが民主主義の根本であると、はきちがえた結果です。戦前に強調された面もありますが、とくに東洋の教育史から学ぶことのできる恩恵の思いや道徳心を旧態の印として軽視ないしは悪・弊害視します。教育界では、優秀な教育者は小・中学の先生より塾の教師となることもあって、学校での教育を時間外にさらに教えるという教育の二重化をまねくことになりました。

入試は個人にとって、次の教育のステップを選ぶ大事な機会です。地区の教育委員会が入試の一年前にそれぞれの学生の相談窓口をもうけ、相談・指導・推薦などをおこなうシステムが必要ではないでしょうか。自己を労働者ととらえる人間は真の教育者ではなく、宗教家と同列に、ひとを教えることの責任と指導的意識をもっていることを前提に教育者の養成と活躍の場の提供、国家的な身分保障と尊重が社会的に必要で、学校ですべてを教え、宿題をあたえても、他の塾で教育を補充するような二重の努力をさせないこと、しないことが必要です。

塾はピアノ、バレー、そろばん、体育競技、花道、茶道、日本舞踊、外国語など、通常の学校教育ではとくにあつかわない科目のものに限るのが常道でしょう。予備校は本来、入試に失敗して学校に籍をもたない学生を対象にしたものであったと思います。

科学技術、産業技術の発展が拍車となり、生体の働きの解析も遺伝子レベルですすみ、分析化学や機器の精密化・自動化とともに情報のスピード化・集積化・解析力と映像や音響の洗練化・修飾化・多様化などにも目覚しい進展をしめす世の中となり、今やロボット、人工頭脳などの自動化開発やコンピュータ制御によるシステム化などで科学、医療、産業、食品、栄養、製薬なども日々進展し、大きな産業革命も予想されてきました。情報化も書物からインターネットによる自由な、個々の編集能力を生かした情報の習得を可能にする未来を予想します。

後編の人間生物論でさらにうきぼりにしますが、人間を含めた生物一般に、各個体・各人の生態に一致はありえません。すなわち同種でも生きものは不一致を特徴とします。

この不一致を受け入れる力や努力・協力・非排他性・謙虚・反省など、社会のなかで生きていく約束事や義務・自由・平等を各自にたたきこむのが人間教育にほかならないのです。あとは感性をみがき、行儀・作法や理性をはたらかせた実践、力を育てるのが幼少時期の教育方針であるべきでしょう。

吉田松蔭曰く、「学はヒトたる行為を学ぶなり」

人間の発育段階にインプットされた知識や作法・運動などは、その人間の一生に影響をあたえるもので、その質的差異は人間自身がみずから考え、実践する姿勢をもつことであゆみよりを得ることができます。影響の大きい四歳から十四歳の間の、幼・小・中の学生たちに教育をインプットする先生の質と気概《きがい》の大事さを教育当事者が自覚することが肝要《かんよう》です。その努力や意欲がそがれるような教え、すなわち責任不在・利己追求・被害者根性をインプットされれば、修復は困難になります。かれらは犠牲者ですが、反省や謙虚さを喪失したナルシストになる危険性をもちます。米国をはじめとした国々に保護主義が台頭していますが、単に人種的な差別ではなく、根底にはインプットされる教育内容の差によるとも考えられます。

C　残念ながら物事の正当化は「力」によってゆがめられる

戦争に勝てば、その主張・行為は正義となります。

力をもった国の探検家はギャングとかわらず、手に入れたものはもちかえり、その国や個人の財産となってきました。英国、フランスなど大国の博物館、美術館などには他国から手に入れたものにみちています。戦勝国は征服した国の市民を殺傷しても、テロと同様の行為をおこなっても正当化されますが、結果的に敗戦した国の民やその軍のおこなった行為には、謝罪・賠償をしいています。半世紀以上たっても、過去の戦敗国は理不尽な扱いを受け続けるような現状には驚かされます。

もちろん敗戦国でおこなわれた非人間的な行為は、許されるものではありませんが、ふしぎなことに敗戦国の日本では、その行為の事実を若い世代には十分教えないので、次世代の国民は他国からその事実やうらみを聞いて驚くような実態《じったい》となっています。

個々の犯罪は生育環境に関与する親子の影響を考慮する必要はありますが、罪そのものへの対象が、実質的に犯罪者ではない子供に対しても向けられる理不尽は、国家間でもあってよいものではないと考えます。五年～十年の短期間でも変遷の激しかった過去の世界歴史をみても、二十年、三十年はおろか五十年たっても、また親子より祖父母と孫の世代をへても、責任やうらみを敗戦国に与え続ける戦勝国者の態度は異常であり、当事者ではなく第三者や国連などによる良識をもとめます。しかし、名前は国連でも、実態は戦勝国がいつまでも決定権をもっている以上、真の国際平和や平等な負担の共有、発言の正当性をもとめることのできない現状です。

喧嘩両成敗といわれますが、戦いはそれぞれの国の思惑や主張の違いでおこることが多く、敗者にも一分や二分の理があるものです。

アジアでの日本の侵略には、欧米の支配に屈服した当該国のだらしなさがあったことは否《いな》めません。

過去の中国の政府の欠点が国の存在をあやうくし、欧米やロシアのつけいる機会を与え、植民地化や侵略を許していた情勢に、日本が危機感をいだいて、てこいれ的な軍事力の駆使をした経緯には、あながち侵略とはよべないものがあったと考えられます。蒋介石に弾圧された中国共産党は、日本の蒋介石への攻勢で力を得、国の統一を果たすことができたはずです。

日露戦争で日本が果した防戦の成功によって加速されたロシア帝国の敗退が、ソビエトの誕生に役立ったことも否めません。流動する戦時情勢も後にはゆがめた解釈《かいしゃく》で勝者の言い分にあやつられることは、当時の渦中で実態を知る者だけが正しく気づきます。戦後も半世紀を過ぎた現在、国連のすがたを一新しないと力の行使は必ずしも納得のいかない方向をたどるにすぎません。

敗戦国の実態は、前世紀の植民地とあまりかわりない制約をうけます。前章でも述べましたが、敗戦後の新憲法の内容も再び戦前のような力や政策を再現しないよう図《はか》り、とくに軍隊の復活を防ぐため、防戦のみに限定された力をもつ平和憲法なるものを作成させました。

幸い共産国に支配されず、言論などの自由や民主主義政策をもつ米国の支配下におかれたために、平和憲法は大事にされてきましたが、世界の不安や共産国の存続、テロの台頭などつぎつぎと人間社会のいがみあいは軽減されるどころか増長の状態であるために、自国民の安全の保障を他国の兵士の血で補なう矛盾などが発生し、憲法自体の改善が望まれています。

過去の戦争で日本の軍隊は、たとえ無謀な特攻隊攻撃でも敵の軍隊・軍艦に対するものでしたが、国民の厭戦気分を高め、戦争の終結を早める目的と銘打って、庶民に対する無差別攻撃・空襲、はては原爆投与までふみきったのは米国でした。初戦で真珠湾攻撃という、日本の少年であった著者にも「武士道」精神からはずれる手段ではないかと疑問をもたせる隠密《おんみつ》的な奇襲作戦をしたために、米国民では Remember Parl Harbor という復讐《ふくしゅう》心を日本人に対して過度にいだかせたのが、テロ的な戦争手段を選ぶ一因になったことは否めません。

戦前、戦中の日本人は決して道徳や武士道の身についた紳士とはいえませんでした。子供心にもよそ者、朝鮮や中国の人々を軽視し、見下す風潮があったのを覚えています。朝鮮人は子供同士でも、いじめの言葉として仲間につかい、チャンコロは支那人に対する軽蔑《けいべつ》語でした。

戦中、戦後にかれらへの残虐な行為、刀の切れ味をみる意味だけで捕虜の首を切ったり、関東大震災時に朝鮮人に対するデマで虐殺したり、戦時中に鉱山などで奴隷的に働かせたり、すべて根拠のある、実際にも見聞きした事実です。戦後、北朝鮮の拉致が日本の家族の悲劇になっており、無慈悲なことをすると腹がたちますが、当時はハイジャックで北朝鮮にいこうと試み、北朝鮮やソ連にあこがれている若者たちもけっこういました。親が知らないで本人がひそかに出かけていくひともいました。

戦前の日本のお祭りで、身体障害者を見世物の対象にした事実も目にやきついています。浅間事件の前後には、赤軍派内での虐殺が新聞をにぎわせました。

戦時中に日本軍の犯した罪として、九大外科での米国人捕虜の生体解剖事件、満州などでの中国人捕虜に対する麻酔・細菌感染・人工血液などの実験事件などがありました。もちろん、海外でも古来、奴隷に対するローマ人、ギリシャ人などが見世物的におこなった猛獣を使った虐殺行為、中世の魔女狩り、ドイツ人によるユダヤ人虐殺、蒙古人による中東や日本の対馬島での虐殺、ソビエト人による日本の女子への強姦、シベリア抑留捕虜の虐待、米国での抑留日本人虐待など、どの国でも非道な歴史はあります。幸いか不幸か、それらの情報に疎《うと》いのは戦後の若者たちでしょう。

教育でもとめる人間の「力」とは、物理的な強さではなく、人間愛の精神によってつちかわれるものです。

同じ地域、国に生活する民衆として生まれた国土に親しみを感じ、文化的伝統を敬愛するのは自然の情です。この心情を育成するいっぽう、民族的偏見や排他的感情を戒《いまし》め、他の国々や民族の文化を正しく理解し、国際社会の一員として生きることのできる存在にならなければなりません。

戦後も五十年以上たてば当時の大人たち、戦争に直接かかわった年代の人はほとんどいなくなるか、社会の実権から遠ざかる存在です。かれらの子供たちも戦後の日本の復興への努力も終わり、いまは戦争経験者の孫が活躍の年代です。戦勝国も同じですが、いまもって過去の責任追及、うらみの言論をかざすのは、第三者からみればおかしな行動でしょう。祖先の罪をいつまで負い、重荷と感ずれば、優者からほめられるのでしょうか。人間社会の歴史からみても十年、二十年で世界の政局、情勢はかわるのがつねで、今までは戦争や局地的な紛争をくりかえしていますが、資本主義国家、共産主義国家の諍い、主義や植民地の紛争などにも終結をむかえ、大同団結的には自由主義、民主国家の勝利のかたちで平和をつかみ、国連誕生による討議での解決が主体となっています。

もちろん民族的な争いは続き、宗教観やその支配力の差でのテロ的紛争は終わっていません。領土の問題、とくに境界域での紛争は、それぞれの国の自己主張による限り解決からはほどとおいでしょう。将来、できれば地域共存協定などの共同管理方式でそれぞれの言い分や希望を生かすよう、互譲の気持ちをもった人間の知恵に頼ることがすすめられます。

日本の論説者（丸山真男）は一般的にタコツボ型社会人で、共通の基盤の並の論争に終始しており、横断的なコミュニケーションの欠乏から広く深い見識での指摘力に欠けています。

物事は多種多様であり、多面で多角的な視点や次元の違いや時代的、時間的な差異による変化に注目することが必要であり、評価には証拠にもとづいたものでなければなりません。ひとのおこないは年代や年齢で質的にも変化するものです。現在の日本は、島国という立地条件に助けられ、直接的・実質的な他国からの影響は少なく、感性のみがかれた人間をとくに優位に育てる環境になっています。しかし反面、理性に乏しく、そのみがきを軽視する教育や環境におかれたために、国際的にも通用し、貢献できる社会人に乏しいのが実情です。

科学・医学の分野でも偏差値教育、肩書き社会、マスコミの不勉強・怠慢・驕《おご》りなどの弊害が目立ち、官・学・民の格差が依然うまらず、縦割り社会が随所にみられる状態で、一部にうたわれてきた実力主義などもおざなりです。

備えあれば憂いなし、が平和日本のモットーとなるべきで、備えは相手あっての必需品です。

多数、さまざまな国からなる地球上の人間社会では、国連による協力、討議、方針が人間同士の争いをなくし、防ぐために求められます。できれば宗教家、無宗教家の集まりの「良識集団」の結成による理解や話し合いが実現することが望まれます。

日本でも、それらのひとたちの努力と国民の啓蒙によって理想の憲法改正を試みる必要があります。

バーにて
冷や水

BGM　雨のハイウェイ

学徒動員

中学二年生の時に始まった学徒動員。勉強のかたわら、一定時期を戦争中の国に奉仕する義務が課せられました。これから終戦まで、それぞれ数カ月から一年以上も学校に通わず、ときには農家に泊り込むなどして、人手不足で多忙な田植えを手伝い、東京の板橋区にあった広大な面積の陸軍補給廠、赤羽の火薬庫、石神井の陸軍倉庫、神田の紙幣印刷会社などで肉体労働、梱包、機械製品の調整などにたずさわったことを思い出します。

知識のインプット時期に体験したこれらの苦労は、マイナス面ではありましたが、あとで野菜栽培や引越し荷物の梱包などで役だったプラス面もあったようです。

板橋区の補給廠跡は現在、大学や集合住宅、公園などになり、昔の面影はありませんが、軍の倉庫間をトロッコをつかってみずから荷物運搬するのが中学生にとっては唯一の楽しみでした。このように軍関係の仕事を長期にわたって結構しましたが、いま考えると、私が従事していた時期のあとで、これらの軍の施設などが徹底的に受けた激しい空爆を逃れられたのが幸運でした。当時は、学生でも動員施設での空爆や外傷後の破傷風などで命を失ったり、伝染性の疾患、とくに結核などで亡くなる若者が多い時代でした。

農村で働いていた時期に、親もとを離れ、都会から疎開してきた幼い小学生が、寺などで粗末な食事をしいられ、さびしく過ごしている姿を見たりしたことは、中学生にとってはやりきれない思い出でした。

バーにて　冷や水

BGM　愛のさざなみ

小男論

背の高い、あるいは標準以上の背丈の人間には関心をいだかない話でしょうが、背の生まれつき低い男性にはそれが結構コンプレックスになるものです。

人間は生きものとして、はじめて対面した相手に対し、一目で感じとる習性をもちます。相手の見映《みば》え、とくに体型差で自分より小さい、低くみえる相手に優越感を感じるものです。そのほか、人種差、皮膚色の差、男女、年齢、身なり、顔形なども自己との比較の対象にしてしまうものです。

上から目線は体型的に優位なものがとる態度で、とくに小男はチビとも呼ばれて軽くみられがちです。子供のころは小さいこともあって、たまには可愛いなど言われていましたが、発育期になるとイジメの対象になります。何とか大きくなりたいと背伸びをしてみたりしましたが、無駄な努力でした。

小男として愕然《がくぜん》としたのは若い医師時代に、週刊医学誌の随筆欄に「小男」と題して悪言・罵倒的な内容の随筆を読んだことです。どういった作者の意図か理解できませんでしたが、小男を哀れみや厄介者に見下し、小ばかにしているひとのいることをはじめて知ったことでした。以来、上から目線をしめすような背の高い相手に対しては警戒心のようなものが生まれました。卑屈にならず、むしろ謙虚さを旗印に接するようになりました。

総じて小男は年齢的にも若くみられるため、相手にとっては年下、後輩のように接してくることが多く、あとでこちらの方が年齢や仕事暦でも先輩と知り、急に態度の変わる相手も経験しました。興味深いのは、米国で生活すると日本人は小さくても自分たちに戦いを挑み、空手や柔道で大きな人間も倒す術を知っていて、警戒心もあったようですし、単にガリバー記の小人の国からの人間を見るようなものであり、日本で感ずるような上から目線を受けることはむしろ少ないように思いました。

日本では、昭和の初め頃までは小男はそれほど少なくはなかったと思います。おそらく江戸時代にはもっと多かったでしょう。背の高い相手に対して、「大男、総身に知恵が回りかね」という言葉もあって、自分より背の高い兄などに喧嘩すると叫んだことがありました。

前記したように、概して、チビはいじめの対象になり、幼少時にその経験をもつのは小男にとっては日常茶飯事《さはんじ》です。それなりに口惜しさや、情けなさをあじわった覚えが少なくありません。確かにスポーツでも、相撲などのごく一部の競技をのぞいては、背の高い人間のほうが圧倒的に優位なことが多いと思います。

まずいのは、異性間でも性的な本能からか、成熟期の前後から小男は女性にとって魅力的な存在とはほど遠いようです。とくに背の高い女性からは、異性としての対応を受けないものです。小さい女性でも結婚相手には、子供には背の高い子を産みたいという願望もあってか、背の高くて格好よい男性にあこがれるひとがほとんどです。スナックなどでも女性の店主にとって小男の客は、異性としての官能をともなわないせいか、せいぜい金目当ての対応としてあつかわれるのを直感的に味あわされるために、このような店にはあまり足が向かないものです。

小男は生まれながらのハンディキャップとは思いますが、欠陥や低評価の対象になることから、自然に自己を克服して、中身のレベルアップを心がけ、実力をみがくことに専念します。小男の人生を振り返ってみると、背伸びの愚を知ることができました。また、負けじ魂が芽生えましたし、卑屈にならず、もちろん優越感をもつこともなく、それなりの人生を自然体でうけとめてまっとうすることができたようです！

バーにて　冷や水

BGM　鳳仙花

ウラジボストク紀行

八十歳を半ば過ぎた頃、ロシアのウラジボストク観光や日本兵士の墓参りにナホトカに行ってきましたが、中国とくらべて、ほぼ十年あまりの遅れと見なされるロシアの現生活の実態を見て、共産主義に支配されていた社会の罪深さを実感しました。

ロシアは大国で、シベリアにあるウラジボストクは、距離的には成田から北海道に飛ぶのとあまり差はなくて、二時間ほどで到達し、したがって往復運賃も安く、査証《ビザ》が必要とはいえ日本の観光客が少ないのは不思議です。

　大学生時代にお茶の水にあるニコライ堂でロシヤ語を学び、一時はパブロフやメチニコフの本や、ソビエト医学の論文などを翻訳した経験がありながら、五十年もたって忘れたに等《ひと》しくなりましたが、看板くらいは読めるので、友達と二人でその年の六月に一週間旅してきました。

　当地を訪れて驚いたのは、町には乞食《こじき》、しかも小さな少女が通る人びとに物乞《ものご》いする有様や、いまなおコンタクトの置いてない眼鏡屋、宇宙信号により調節される新型時計の飾られていない時計店、エレベーターもなく、ましてやエスカレーターもなく、半ば壊れた石畳で七階まで階段で上がる歴史的に有名なデパートなど、生活改善の遅れに驚きました。話には聞いていましたが、日本の中古車がたくさん走っており、しかも日本の広告をつけているので、もう経済交流があるのかと思いましたが、輸入時に消さずに走っているとわかりました。

　たしかに夏のウラジボストクの港湾では海水浴姿もみられ、日本のアイドル歌手の歌がスピーカーに流れており、美しい眺めでした。どのレストランでも美味しいボルシチを味わうこともできました。また、自然にめぐまれた市外や開放されていた軍港では、ロシヤの軍艦や博覧されている潜水艦などもみられ、丘からの眺めは観光にも値《あたい》しますが、ホテル・商店・レストランでも、女子店員には笑顔が見られませんでした。町には今でも、スパイを摘発するような目つきの男どもに出くわします。デパートは若い人びとで混んでいますが、階段での上《のぼ》り下《くだ》りを余儀なくされるためか、年とった女性はほとんど見かけませんでした。

ウラジボストクからシベリア抑留中に亡くなった日本兵士の墓のあるナホトカまでは、列車が日に一本だけで、しかも朝六時発でしたので早起きしました。十台以上の客車には犬もつれて入る自由さでしたが、トイレは最終客車にあるのみで、しかも便器はもちろん、床まで一面に汚れている始末には閉口しました。墓まではバスもなく、花屋もなく、タクシーでやっと結婚式用の花屋をみつけてバラをもとめました。しかし、墓には花を置く場所もなく、風の強く吹く殺風景な場所でした。帰りのバスは列車より早く、二時間に一本あることが現地に行ってはじめて教わりました。しかし、バスには最終到達駅にトイレがあるのみで、しかも有料で、もちろん水洗ではありませんでした。

この時から二年後に日本のA首相が当地を訪問しましたが、軍港を含め町の様子はかなり変わっていたことと思います。

バーにて
ルーツ

BGM　天国の家（ハンク・ウィリアムス）

ルーツ辿り

ルーツ辿りは無駄か、愚か。戦後、闇市や朝鮮戦争のおかげで日本に増えた成金族が家のルーツをよくするため、筋の良い家柄の嫁をもらうことにつとめたという話などを聞いたこともあります。

概して子供時代には、祖先やルーツなどは興味のない問題でした。実際、子供時代に親から祖先の話を聞いた憶えもありません。せいぜい家にあった古い写真や絵などをみて誰かを質問するくらいでした。印象にあったのは、敷島という戦艦の写真飾ってあるのを見て、父方の祖父がその艦長であり、日本海海戦で、有名な東郷平八郎などとロシアの海軍と戦っていたことを知るくらいでした。敷島はロシア海軍を殲滅後、海に放り出されたロシアの兵士の救助につとめたと成書で読みました。なお、母方の祖父の遺品では、西洋史図として中近東を中心とする古代の時代図がありましたが、これらはすべて東京の空襲で焼失しました。

また、後年、母から資料と一緒に、母方の祖父が岡山、池田藩の蘭学藩医の息子、長瀬鳳輔であり、その父の長瀬時衛は江戸時代に漢方医との軋轢《あつれき》で牢獄につながれたこと、鳳輔は米国の大学で中近東を中心とした西洋史を学び、帰国後は京都の士官学校で教鞭をとっていたこと、したがって、母は京都生まれであったことなどを知りました。鳳輔は明治の初期に活躍していた頭山満らと、日本に武士に代わって国士を養成することをめざして、東京の吉田松陰神社のそばに国士舘（館長は柴田徳次郎）が創立されたとき、自身はその初代の中学校長となりました。

この祖父は筆者が生まれた前年に亡くなっていましたが、三軒茶屋にある松陰神社の境内に接した母の実家で、幼時によく遊んだ思い出をもっています。当時、三軒茶屋までは現在の田園都市線の前身である私鉄の電車が渋谷から通《つう》じており、初台あたりからの車窓の風景はほとんど畑だらけでした。なお、筆者の従兄弟の濱路勝太郎の手記によると、母の母親、豊子は小幡一族の出で、叔父にあたる小幡敏四郎は陸軍の作戦の鬼ともいわれた将軍であり、また従姉妹の森村玉子の夫、長与又朗は病理学を専攻し、東大教授から総長になった人物であり、奇遇ともいえる史実でした。

一方、父方の祖父のルーツ、U家は群馬の沼田にあり、初代は当地で真田信政につかえ、のちに藩とともに長野の松代に移ったそうです。天保五年生まれの祖父は藩士として八代目にあたりますが、明治維新時代に海軍軍人として江田島で学び、日支事変では巡洋艦、明石の艦長、日露戦争では戦艦、敷島の艦長として日本海海戦に加わりました。父の生母は戊辰戦争で亡くなった二本松藩の城代、服部久佐衛門の孫でしたが、子供たちをのこして早死にしたため、死後には松代藩の前島勇喜の次女ひでが祖父に嫁《とつ》ぎ、父の幼い兄弟たちを育てたそうです。義祖母は筆者の幼児時代には松代に住んでいましたが、東京によくきては、われわれ孫どもをかわいがってくれました。

海軍軍人のU家の長男であった父は、おそらく藩閥色の強かった当時の軍人社会に入るのを避け、慶応大学を出て商社マンとなり、一九〇〇年代の初期、結婚前の七年ほどは米国加州のサンフランシスコの支社で働いていました。当時は石炭の貿易担当であったために、結婚後は日本の鉱山などをしばしば回って商社員活動をしていました。大東亜戦争前は石油の貿易担当として、当時、小学生であったわれわれ家族を日本に残して米国に単身赴任し、戦争直前に帰国しました。戦争勃発後は、石油を国で管理するために設立された日本石油統制株式会社の役員となりましたが、戦後はいわゆるパージの対象者となって、職を失いました。一家は東京での住み家を二度、本郷と逃避先の渋谷で、空襲により失いました。

父は当時、中学生であった筆者をふくむ六人家族の生活や学業を支えるために、戦後は一時、外務省の通訳官となり、のちにみずから商事会社をつくって戦後の混乱期を乗りきった明治人でした。

第二部

医師として

人間とは

Ａ　人間「ハダカ」論

日常でも風呂場、トイレなどで人間は全身や下半身がハダカになります。髪や爪がのびるなど自分のからだには日々変わる姿があり、人間は自身が生きものであることをさとります。ペットの犬や猫と似たところに興味をもつのもそのためです。

個人差はありますが、他の動物たちと異なって、ほとんど毛の生えていない人間のハダカの形態は、古来の生物進化の歴史中ほとんど変化していません。ただ、地球上の地域差で太陽光をうける度合いの差で、皮膚のメラニン沈着量が遺伝的にも定着し、肌の色が白・黄・黒、目の瞳の色が青・褐色、髪などの毛が白、黄、褐色、黒など人種差が生じました。一九七〇年代頃までは旅券や査証に生まれた国名とともに皮膚や目の色の区別を記載することがもとめられたことを知る人も、いまでは少なくなりました。

解剖学的には皮膚や虹彩の色の差異は、それぞれの表面の薄い層中に存在して太陽光を吸収して、からだに対する悪影響を防ぐ働きをもつメラニン色素含量の違いによるものです。人種間のその他の違《ちが》いは、稀な遺伝子の差異で、人種特有の病気にかかることはありますが、人種の差異は、サルやイヌなどにみられる種類間の形態的な差異ほど著しくありません。ただ永年の歴史における婚姻によって、大部分のひとは遺伝的にはとてつもない雑種として差を示すため、遺伝子検査によって個人個人の判定が可能です。

一方、ひとはそのからだの形態や感覚機能などに制約があり、自分自身のすべてをみたり、感じたりはできない生きものです。たとえば、目の視覚範囲や感覚神経の分布などにそれぞれ限度があります。ましてや自分の体内の内臓の働きの様子などは自律神経の支配下にあるために、仔細に感じることなどは不可能です。その意味では、ひとは自分自身をよみとれないハダカの王様といえます。皮肉なことに外からの自己の観察所見は医師などの他人による認識や判断にまかせるほかはないのです。

ひとは古《いにしえ》に火をおこす能力をそなえ、また手仕事の進歩や言語による情報交換など、他の動物にない能力によって環境への対応、集団生活の改善、食の改良などをおこない、長年のあいだに次第に多くの知恵や知識を得てきました。

さらに永年にわたる時代の変遷《へんせん》の結果として、今日の人間社会のような生活改善・能率化にいたったと考えます。人間社会では政治、経済、マスコミなどの領域で多様な人びとが活躍していますが、しょせん実態は生身の人間の働きが基盤である以上、日々個人の体調などで左右されることは否めません。思考も脳の働きですが、常に健全であることは不可能です。社会のゆがみの原因には、ひとという生きものの、この不健全さが大きな影響をしめすわけで、日頃の「からだ」のしくみなどの知識の普及や、病気への予防対策の欠如などに起因した可能性があります。これらの認識や対策については、とくに宗教や教育、政治の責任者の自覚や配慮の足りないことも手伝って、日常案外おろそかにされているのではないでしょうか。

自然環境のきびしさに対応する自己能力の限界にめざめることにより、第一部で述べたように人は早くから万能の神の存在を信じ、頼り、運命の好転を期待することなどで、宗教心をいだくことができました。

また感覚能の発達は感性をみがくいっぽう、大脳の働きによる理性と技術の発展によって、自然界などのなぞの解明、物事の筋道、原因をさぐる科学の知識や技術を高める試みにより、生きる励みや生活レベルの向上、病《やまい》に対する予防・衛生・治療法の進歩を生み出し、生活環境の充実をめざしました。

ひとらしい生き方は、記憶や思考、喜びや悲しみなどをいだきながら、それぞれの努力と他人との協力や支持によって果たされます。哲学は人としての自覚の本質をさぐり、道徳教育は社会人の義務感を育てます。全体で四万日たらずにとどまる一生を他人と協調して仕事をし、人を愛し、尊重し、自己の体力・技術力を育て、生活環境を大切にする心構えを教える教育とその実践が、その人の運命や社会の改善、生活環境の革新などに大きく寄与するのです。欲望は行動力を生みます。

人はその出生地や生活環境、食生活や育ての親の影響をうけます。とくに幼少期にはその時期に受けた影響や教育がその後の人生に大きな意義をもち、四万日にもたらない人の一生にとって重要な出発点となり、個々の人間の価値となります。人間の生活はそれぞれの社会の風俗・習慣により形成され、また何らかの規律をたもっていますが、根底には生物人間としての習性を中心に、加齢とともに変遷する生存や守りの本能が食欲、性欲、排泄能などをふくめ諸欲望、興味心、表現力となって活動していることを科学的に正しく知ることが肝要です。

アジア人が、中国を中心に育成、普及された孔子などの道徳的な教えなどが、人間の本能の深い観察をもとに提唱され、ひとたちの間に生活の導きとして根ずいてきました。子供の養育を一家でささえる教えも、婚約に介在した親・紹介者などの存在も、軽率な性欲や未熟な恋心などからくる一時的な誤《あやま》りを防ぐためや、社会的な規律・社会秩序の保持を目的にうまれました。

人間性は人がどのように感じ、考えるか。すなわち感性と理性がバランスよく成熟されることによって豊かになります。感性の天才娘、美空ひばりの登場した戦後の歌謡界。やがてカラオケによる歌唱力の増進や普及、音楽教育の成果など、軍歌にあけくれた戦前のひとたちには思いもつかないめざましい変化がこの分野にみられました。音楽は人間の聴覚・発声本能を自己の快感として自由に発現する機会であり、個々の負荷をゆるめ、生きる喜びを感じる瞬間をあたえてくれます。また感性が理性にくらべて評価しやすい、実力判定の可能なことも特異な点です。すなわち、すぐれた感性は同じく感性に富んだうけとめ側での判定が可能であり、的確で正しくその実力を評価できます。しかし、感性のみに頼っていては、今後ますます発展する映像・情報社会で本物の物事かを洞察《どうさつ》できないことが懸念《けねん》されます。

戦後の日本では感性のみがきにはしり、音楽、話術、漫画・アニメをふくめた画・映像化分野などで大きな発展や成果を果たしてきました。ただ、感性から美の意識がみがかれる一方、現実生活では表面的・外観的な飾りが優先し、美容上のボディケアやネイルケア、染毛、脱毛などに、以前には見られない努力がはらわれているようです。感性をみがくのみに偏《かたよ》る危険性として、感情や本能が丸出しになり、理性のはずれた、また欠けた言動が日本人をだめにします。戦後は人間の自信のなさを装飾や化粧、仮面によって自己アピールするような欲望が垣間見られ、結構うけたりするようです。感性のみが発達して、理性をともなわない人間のさけびは、残念ながら感情的に物事をとらえ、その判断を視・聴・匂い・触覚などの諸感覚や複合感情に左右されます。こうした思考様式のお粗末さ、狭小さから脱皮して人間同士の幅広い差異を理解し合い、差別や被害意識、安泰への逃避を脱却することが必要です。

理性の解く生物界の現象は、生きものにはそれぞれ目的をもったしくみによって生命の維持、継続のおこなわれていることを示します。動物と人間の差異はそれぞれの器官、組織、細胞についての比較から可能となりますが、最重要なのは全身的なしくみ、すなわち、からだを支える各種の制御のしくみの問題解決が前提となります。すなわち、ホルモン制御、免疫機構、神経支配、循環動態などについて生物間の共通性、非共通性の有無など全身的機能や構造について知識の充実をもとめる必要があります。

そして、それぞれのバランスの乱れ、有機的関連の断裂などが人間でも動物でも病いにつながることを認識し、比較・検討することが必要です。生物学的なデータの評価は再現性の確認を前提としますが、みずからの実証的な体験がないと困難なことは否めません。

データの信用性を評価する豊富な経験があれば、その所見についての考察、評価に自信と責任をもつことが可能です。科学者にこういった実績のない場合には、正しく評価ができず、半信半疑にとどまって責任力を失い、安全度・安全量を過度に低く設定してしまいます。日本では、放射能や化学物質の発がん性の検討に不適格なひとが、委員として加わっている可能性が大きいのです。

さきにのべたように、ひとは生きている以上それぞれの体内ではたえず変動がみられ、生理的にも髪や爪の伸び、分泌、排泄機能の活動など自己処理、ケアを必要とします。

身だしなみの優劣は親によるケアや教育、慣習などで大きな開きをまねく要因になり、「からだのしくみ」の知識のとぼしさはテレビの誤った宣伝広告や他人との比較、見栄《みば》えよさなどに助長された影響によって増幅され、とくに女性では顔貌に関連して厚化粧や瞼・目じりの人工的な変形による皮膚の痛み、ひいては萎縮・色素沈着をはじめとする老化促進などの病的な変化を助長することになります。そこでは鏡にみる自己の顔貌への劣性意識からの自己嫌悪や、歪《ゆが》められた自己顕示欲の増大が精神面などにも影響をあたえることになります。

病気を防ぐための健康管理は、医学界での予防対策への重視策によるものですが、ひとの病気はそれぞれ、個人、個人の自己責任による日常管理が必要です。そのための保健・病気についての知識の習得が幼少時教育の一環として求められます。からだのしくみの正しい知識に基づいた注意力やケアが必要となります。

体のバランス、ハーモニー、機能的制御、疾患防御機能などの把握は、生体の活動や疾患の検索にもっとも重要なキーポイントです。ホルモンも男性・女性の性ホルモンに関連する作用の特徴があり、性・生殖機能のみでなく、寿命やそれぞれの特徴発現に深い影響をしめします。

医者はみずから病気の原因を明確化し、そのなりたちを明らかにして、病気の予防、治療方法を検索することを使命にする義務があります。その成果をみずからの病気予防につなげ、食生活の改善や生活習慣病の予防、健全な長生き法を実践することが求められます。遺伝的要因など天性のやむおえない原因をのぞいては、早死は恥ずかしいと考える必要・義務があると思います。また、死後はみずからを医者の基本的教育に必須な病理解剖・献体にささげ、後進の指導に資する気がまえを必要とします。

移植医療は日本で、日本人の臓器を活用して実施するのが本筋で、他国人の臓器を使用し、多額の費用をかけておこなう矛盾や、狭小な倫理観にうったえる自己満足的な日本人の勝手さ、ずるさを解消すべきです。こういった倫理観で自己勝手な医療をおこなうことに医学会会員も反省し、移植臓器や手術材料などの組織をバイオ関係の先端医療に役立つ研究のためには、まずそれらの学会員が自己の身体をその資料として提供することを義務とする倫理観をもとめるのが筋《すじ》と思いますが、日本では不思議なことにこのような考えは学会内でも賛同を受けられません。深みや厚みのあるすぐれた研究は個人個人の力をプラスしたチーム力を必要とするもので、この実行力のないひとりよがり、思い込み、排他思考などの災いする日本の科学界の現状では、当面、成果の期待できないのが残念です。

ひとのからだの変化として、日本人男女の体型の変わり方、とくに身長の伸びやスタイルのよさ、乳房発達などがめだちます。これは畜産のえさの質の変化による家畜、特に乳牛や肉食牛の発育向上が肉質と乳汁の質に影響して、発育期の日本人に成長ホルモン、プロラクチンやエストロゲンなどの栄養成分と肉食の効果をしめした可能性があります。

日本人に生じた以上の変化はスポーツ界のみでなく、美容、服飾文化やダンスなどをふくむ音楽、舞台芸術にも大きな影響をあたえ、戦後の感性の磨きの向上とむすびついて日本の戦後の文化や人間関係、とくに女性の生活観や生活環境に変化をあたえました。困ったことに、保健からはずれてゆがんだ性商売の発展によって、性生活も生殖活動にむしろ悪影響を生むような遊戯的、感触的な実態を招き、ＨＰＶ感染による子宮頸部がんをふくめた性病の誘発を招く原因を生んでいます。

老人は自然のなりゆきとして、人間社会で生存を続けることに疑問をもつようになります。老いると歯もぬけて入れ歯をつけ、白内障の治療で人工レンズをつけるようになり、難聴のひとは補聴器に頼ります。素直な生きかたをしてきたひとでは、老醜の自覚が老いの端緒となることが多いでしょう。

たしかに、生物学的には高齢者は不要なもので、一種のポンコツ人間です。八十歳を超えるころから、何事にも意欲が減退しますし、摂食自体もエネルギーを必要とし、つかれます。物事、とくに新しいことに順応できなくなり、アウトサイダーで、若者からは一般的にきらわれ者の部類に入ります。しかし、いろいろ体験し、みてきたことが価値を生みます。老人自身が存在的につつましくする努力をすれば、たとえ本能的には自己中心でも、老いの知恵で自由奔放な生き方をつらぬく余裕は生まれるものです。

B　がんの予防

がんの予防はどこまで可能か？

＊　感染症の予防と同様に、がんの予防もその原因を追究する研究の成果によってはじめて可能となります。

日本人の死因に大きく関係するがんに対しては、早期発見や早期治療の必要性が強調されていますが、がんの原因をつきとめてその排除や防御対策により予防が可能となれば、医学上最も理想的です。最近の分子生物学の発展により、遺伝子解析からひとつのがん発生過程での遺伝子の影響やしくみについて新しい知見がふえていますが、がん一般の予防対策につながる糸口《いとぐち》になるような成果はまだ得られていません。がんはその発生する臓器によって原因も、またそのしくみもさまざまであることも解決を困難にしています。

＊　がんではどういう外因、すなわち生活環境中にある原因が知られていますか。

現在、ひとのがんの原因の大部分は、日本人にも多い胃がんや肝臓がんをはじめ白血病や悪性リンパ腫などの血液がん、女性の子宮の頚部がんなどの発生で関与のあきらかになっている病原性微生物、すなわちウイルスや細菌です。また、放射能などの物理的因子も、当初、レントゲン検査にかかわった医師や技師に骨肉腫などが発生して職業性がんとして注目されたように、がんを発生する危険因子として知られています。

いっぽう、食品などにふくまれる天然化学物質中では、東南アジアの口腔がんの原因であるビンロウ樹のタネにふくまれる一種のアルカロイドに発がん性をしめすことが証明されており、またワラビなどは実験動物や牛などの畜産動物に膀胱がんや大腸がんを発生することが報告されています。しかし、日本人の大腸がんなどの原因としては証拠にとぼしい実情です。食品汚染のカビにはアフラトキシンとよばれる発がん性の生産物（マイコトキシン）が、世界的に注目されていますが、これも日本人のがん、とくに肝がんの原因である証拠はなく、肝がん発生例の九割ほどは肝炎ウイルスによるものです（表1）。

表1

ひとのがんの外因（外的要因）《生活環境中の病原性微生物や発がん性化学物質の種類》

原因	種類や発生源	誘発される病気の種類
病原微生物		炎症・がんなど
	Helicobacter pylori　ヘリコバクター（細菌の一種）	胃炎、胃潰瘍、胃がん
	肝炎ウイルス（B型、C型など）	急性肝炎、慢性肝炎、肝硬変、肝がん
	HPVHuman papillomavirus（ヒトパピローマウイルス）	子宮頸部がん、口腔がん、皮膚がんなど
	ヒトT細胞リンパ球白血病ウイルス、EB（Epstein-Barr）ウイルスなど	白血病、悪性リンパ腫、リンパ上皮腫など
発がん性化学物質		
〈大気中の粒子状物質：PM〉		
化学燃料の燃焼による排気ガス	ベンゾピレンなどの発がん性炭化水素、ニトロン化合物など	肺がん、喉頭がんなど
アスベスト（石綿）粉塵	舗装道路域や、建物解体工事域で散布	中皮腫、肺がん
発がん性重金属類	ヒ素化合物、酸化ニッケルなど	肺がん、皮膚がんなど
発がん性化学物質の職場内暴露	塩化ビニール（ガス）、染料、タール類など	肝肉腫、胆管がん、腎がん、膀胱がん、皮膚がんなど
〈薬剤や食品・飲料に含まれる化学物質〉		
一部の医薬品	抗がん剤や免疫抑制剤、アイソトープなど	白血病など
ビンロージュの種（betel nut）	発がん性アルカノイド	口腔がん
醸造アルコール飲料	エチルカーバメート（ウレタン）、ニトロソ化合物	食道がん、肝がんなど
ホルモン（医薬品、牛乳など）	プロラクチン、成長ホルモン、女性ホルモンなど	乳がん、子宮内膜がんなど
放射線、紫外線		甲状腺がん、肉腫、皮膚がんなど

＊　発がんに関与するウイルスや細菌などの微生物は、その感染や発病を予防することでがんの予防は可能になるのでしょうか。

胃がんのリスクは「ピロリ菌感染胃炎」の除菌治療で低下します。また、子宮頚がんも人のパピローマウイルス（ＨＰＶ）に対するワクチンや早期検診によって予防が可能です。肝炎ウイルスによる肝がんでも、原因ウイルスに対するワクチンやインターフェロンなどの開発によって発生を防ぐことが可能となっていますし、他の発がん性ウイルスでも将来は予防対策が期待されます。

＊　人工的な化学物質には発がん性のあるものが実験的な研究でたくさんみつかっているようですが、すべてひとのがんの原因になるのでしょうか。

人工的に生産された化学物質の中で発がん性をしめすものは、十八～十九世紀の産業革命時、ヨーロッパや英国などでひとに暴露して多数例の発生をみた、いわゆる「職業がん」の原因として発見されました。当時、燃料として使用された石炭の燃焼で発生する煙やタール中に、原因となる発がん物質（ベンズピレンなどの多環式炭水化物など）が発見されました。

また、染料中にふくまれる芳香族化合物の一種、ナフチルアミンにより工場従業者に膀胱がんの発生も増加しました。鉱山でも酸化ニッケル、アスベストなどの粉塵の吸入が原因で肺がんなどの職業がんに罹るひとが増えました。いずれも、職場での暴露量が高いために発生しました。一般人の生活環境中ではこれらの産業化学物質のふくまれる量が低いために、事故によるほかは発生の可能性はほとんどないと考えられます。

また、植物の薬である農薬や食品添加物などの人工的化学物質により人にがんの発生したケースは、この半世紀、五十年間に報告されていません。ただ、一部の医薬品、たとえば抗がん剤や免疫抑制剤などでは、その薬としての効果につながる化学反応によって、からだの細胞に対し同時にがんを誘発する可能性もあるためか、目的のがん治療は成功しても別のがんの発生が、当人に後年観察された症例が報告されています。

日常の食品や飲料では、とくに発がん性に直結する危険なものはありませんが、べバリッジとよばれる発酵性アルコール飲料では、ＷＨＯでも指摘しているように食道がんや肝がん発生の危険性があります。とくに、ブランデーやウイスキーなどには発がん性の証拠をしめすエチルカーバメート（ウレタン）やニトロソ化合物などが多量ふくまれるためと考えられます。

発がん作用を示す女性ホルモンなども、医薬として使用時に副作用として影響をしめすのみでなく、食生活でもリスクがないとはいえません。たとえば成長ホルモンやプロラクチン（乳汁分泌促進ホルモン）などをふくむ可能性のある牛乳などの乳製品の普及は、欧米と同様ながんのパターンとして、とくに女性に乳がんや子宮の内膜がんを増加する懸念があります。（表1）

＊　以前、がん学者の中には「発がん物質の量が限りなく微量でも、がんの原因になる」ととなえるひともいましたが、これは事実なのでしょうか。

動物実験などで発がん性の証明されている化学物質は、ＷＨＯの調査などでも多数ありますが、ひとの生活環境中での危険性のとぼしいのは、がんの発生には化学物質の暴露量や暴露時間が大きく影響しており、微量ではひとのがんの原因にならないことが、二十世紀後半から日本や欧米で実施されてきた化学物質についての安全性試験のデータなどで裏付けられました。実験動物に低用量を投与した場合には、対照として使用する同一の動物例と比較しても、その物質によるがんの発生は確認されませんでした。

また生活環境中のひとへの暴露量が、実際には発がん量よりはるかに微量にとどまることもあって、予測として、ひとでのがん発生の危険性を責任をもって否定することが可能となっています。もともと化学物質は摂取後に体内で代謝され、毒性や発がん性を失って排泄されていくしくみなども研究であきらかになっています。中には活性化されて発がん性をます可能性も指摘されましたが、ひとにがんを発生するには、その量がもともと高いことが必要となります。

一方、病原微生物も感染や発症には同様に量的な条件も関係しますが、感染後にはからだの中では化学物質と逆に、急速に増殖するために発がんの可能性も大きくなると推測されます。

＊　日本人男性のがんの中で、肺がんの増加はこの三十〜四十年間に著しく、数年前から、がんの中で一位となったことが注目されますが、この原因は何であると推測されますか。

筆者自身、病理医として病院で亡くなられた患者さんの病理解剖に、昭和二十八年以来従事してきた経験では、日本人のがんの中で肺がんは、当時ではむしろまれに遭遇する症例であり、昭和四十年代になってから次第に増加しはじめました。最近では前記のように一位になり、この急速な変化に驚いています。図1にしめすように、日本人男子では最近、胃がんの減少が注目されますが、内視鏡などによる早期発見・早期治療の効果や食生活の変化が理由でしょう。その他のがんにも近年に多少の増加はありますが、寿命の高齢化による影響も考慮する必要がありますし、肺がんのような著しい増加はありません。

肺がんの増加は大気中への排出などによる発がん物質をふくむ粒子状物質（PM: Particulate Matter）の増加する測定データなどから、ディーゼル油やガソリンを燃料とする車の影響によると考えています。興味深いのは、日本にくらべて五十年ほど早く

図1

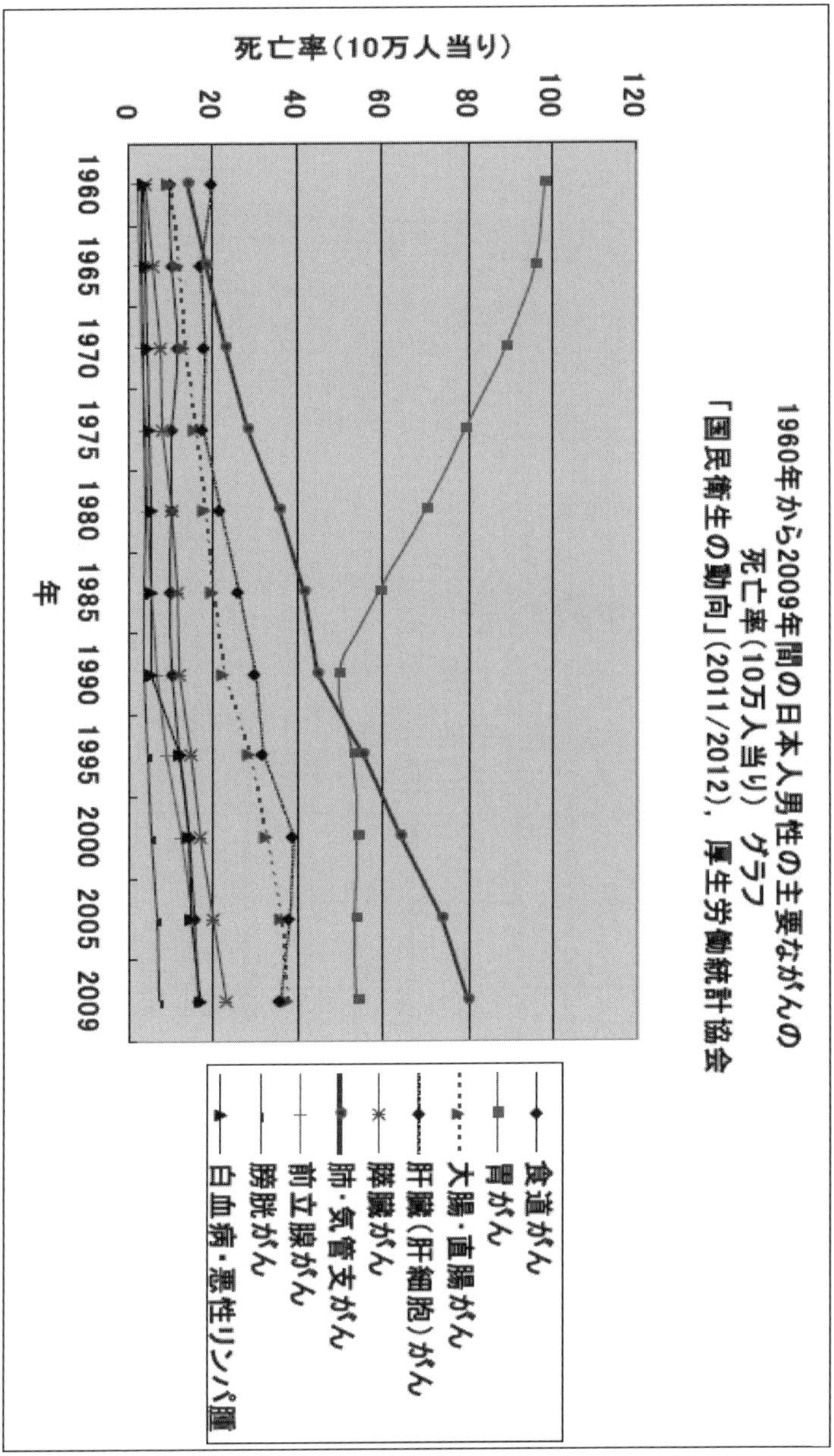

1960年から2009年間の日本人男性の主要ながんの
死亡率（10万人当り） グラフ
「国民衛生の動向」(2011/2012), 厚生労働統計協会
死亡率（10万人当り）
0
20
40
60
80
100
120
1960
1965
1970
1975
1980
1985
1990
1995
2000
2005
2009
年
食道がん
胃がん
大腸・直腸がん
肝臓(肝細胞)がん
膵臓がん
肺・気管支がん
前立腺がん
膀胱がん
白血病・悪性リンパ腫

から自動車社会となった米国でも、図2にしめすようにまったく同様の肺がん増加傾向がみられたことです。すなわち、日本にくらべて五十年ほど前から自動車社会となった米国では、図2に示すように二十世紀早々に肺がんの増加傾向がみられました。

図2

1930から1977年間の米国男性の主要ながんの死亡率 (10万人当たり) グラフ

Elias P.S. (1990)

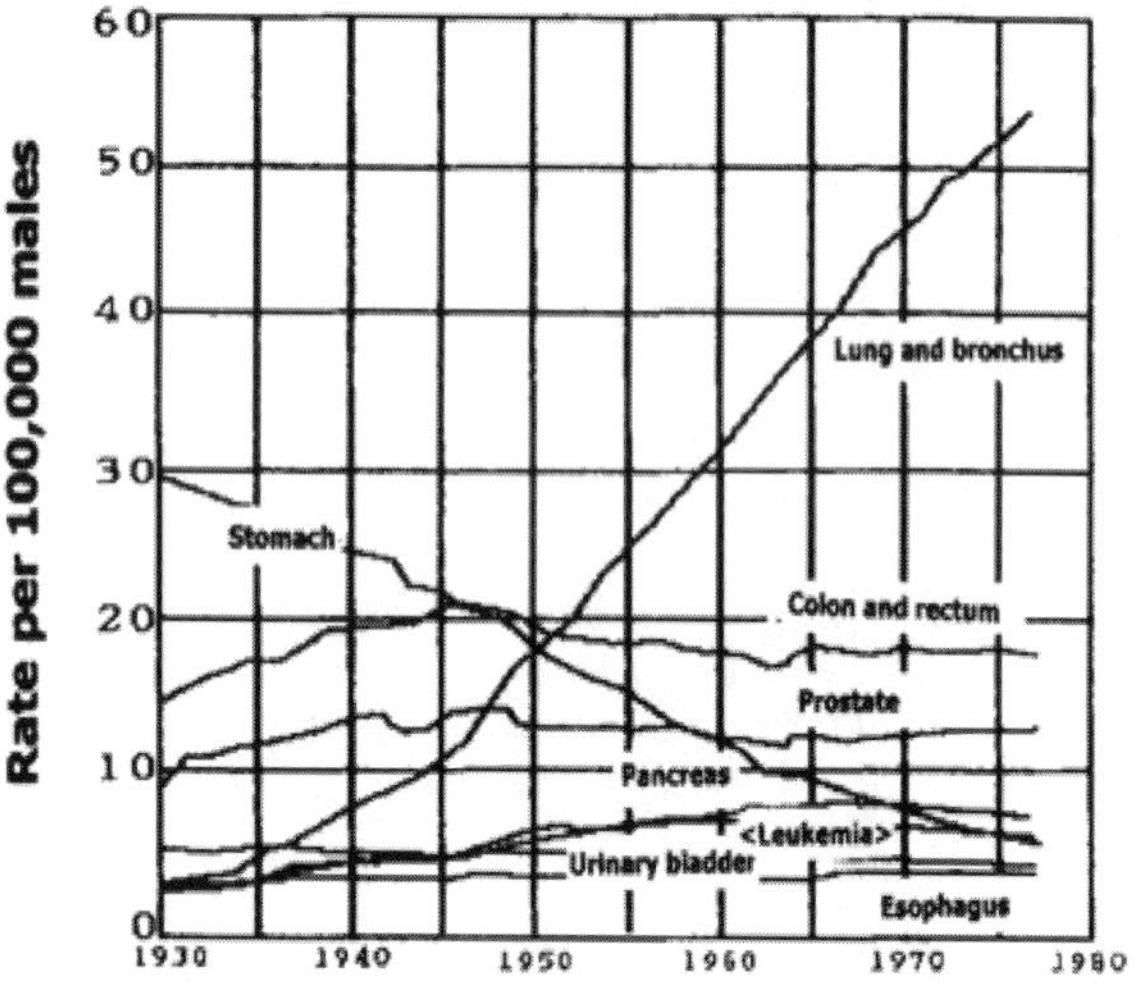

＊　過去半世紀に肺がんが日本人の男性がんのトップになったのは、前述のように自動車の排気ガスなどの大気汚染が原因と考えてよいのでしょうか。

日本でも以前から大気汚染による温暖化が注目されていましたが、医師の立場からは、大気汚染によって毒性あるいは発がん性の物質をふくむ大気中の粒子状物質（ＰＭ）が急速に増加してきた事実を憂慮《ゆうりょ》します。

この粒子状物質は煙《けむり》にふくまれる粒子にくらべてはるか小さく、目に見えにくい微小粒子で、とくに一ミリメートルの百分の一以下、あるいはさらにその4分の1の2・5マイクロメートルの大きさしかない微小な、ＰＭ2・5とよばれる粒子です。

これより大きい粒子は、鼻からの呼吸で半分以上は鼻腔内でトラップ（捕捉《ほそく》）されて排出し、肺には達しませんが、ＰＭ2・5以下の粒子は肺の奥ふかく到達して障害をおこす危険性が高いのです。日本の環境省も調査をおこなってきましたが、欧米ではこの十年間、これらの粒子による汚染分布や測定量についての報告や、人の健康との関連を示唆《しさ》する多くの研究成果が報告されています。

また最近では、喘息やCOPD：慢性閉塞性肺疾患のみでなく、動脈硬化症などの循環系疾患をはじめ、妊婦への影響、子供の発育障害にも影響のあることを指摘する報告も増えています。

近年では放射能測定と同様にＰＭに対する測定方法が進歩し、排気ガスや舗装道路の破壊に由来する一連《いちれん》の発がん物質や重金属類などの大気一立方メートル中の測定値で大気の汚染度を把握できます。

測定値の比較は、測定方法や風量など測定時の状況などの差異を考慮して評価する必要がありますが、日本国内の交通量の多い地域などでは、毒性あるいは発がん性の物質をふくむ大気中の粒子状物質（ＰＭ）が増加しており、実験動物での発生データなどとの量的な比較から、ひとに害をあたえるような量に達する可能性もあると考えられます。

事実、スペインなどでは石炭や重油を使用する火力発電施設の周辺で大気汚染がつよく、近年、その周辺地域の住民に肺がん、喉頭がん、膀胱がんによる死亡率が他の地域の住民にくらべて高いことが疫学的調査によって指摘されています。

＊　ひとをはじめペットなどの動物もふくめ、二十四時間、四六時中呼吸をしているの

で、大気の汚染は深刻な問題ではないでしょうか。ひとへの実際の暴露量の高い可能性をもつ一連の発がん性化学物質に注目した対策が急がれると考えますが。

たしかに呼吸作用による肺などへの影響は深刻で、この半世紀に日本人の肺がん罹患率の増加と大気汚染は関連があるとうけとめる必要があります。自動車企業ではすでに電気自動車をはじめ、汚染物質の排気を抑制する技術の開発によってエコカーの生産に努力しています。

＊　おわりに‥がんの予防については今後どのような対策が望まれますか。

がんの予防が達成されれば望ましいことですが、前記の病原微生物に対するワクチンなどの対策をのぞいては、予防につながる生活環境の完全な改善にはまだほどとおい現状です。現状では、予防知識を高めて個人個人が健康に対する配慮、実践をすすめることでしょう。

地震災害による放射能障害に対しても同様ですが、日本人の健康保持や疾患の撲滅に責任のある医学界の方がた、疫学者や医療関係者が、放射能のみでなく前述のＰＭ２・５をふくむ大気中のさまざまなリスクの対策、軽減に率先した役割を今後していただくことを望みます。

C　先天性異常　染色体異常の影響と発生・発達障害

女性特有の病気を考える場合のひとつめの問題は、不妊にかかわるものです。受精からはじまり、卵着床後の妊娠、さらに出産へといたる過程をみずからのからだの中でおこなっている女性にとって、出産は一大事業ともいえますが、それだけ生命誕生のよろこびも大きいといえるでしょう。

しかし、不妊は、そもそも子供の生命誕生のきっかけが実現できないという意味で、女性にとっては深刻な問題です。そればかりではなく、不妊は男性にとっても大事な問題です。つまり不妊とは、両性あるいはいずれかの生殖能力の欠陥に起因する問題であり、男性の精子形成や、女性の卵胞形成から受精・着床に至る過程でのさまざまな障害が原因となっておこるものです。

そのなかで、不妊の障害要因として大きな位置をしめるものに、「染色体異常」があります。染色体異常とは、遺伝性のものであり、広範囲にからだの異常や影響をひきおこします。これに対し発生異常とは、受精以後に生命発生のひずみが生じたことにより、出生となる前に女性の体内で胎児に異常の発生することをさします。

たとえば、胎児の死亡をふくめた流産や、発育遅滞、機能・知能の障害、短命などもおこります。それらの中で、肉眼的にもあきらかな形態異常として、先天性奇形がもっとも注目されています。

この先天性奇形の原因については、未知な部分が多く残されています。先天性奇形をもふくめた先天性異常のうち、3分の1ほどは障害要素があきらかになってきました。遺伝の影響による先天異常は全体の約2・5％をしめます。それに対して、環境的な因子の関与するのは、全体の10％程度と考えられています。

後者（環境要因）では、アルコール中毒、糖尿病、内分泌疾患などの母体の病態、風疹、

催奇形性 virus の子宮内感染の頻度と障害された出産児の独逸における一年当たりの数

[現代病理学体系：奇形, 1995]

催奇形性 Virus	感染頻度 胎児/児	感染後の障害	独逸における1年 1582,000回の出産当りの障害児
風疹 Virus	0.05%	30～100%	57～291例
Cytomegalo virus	0.5 ～ 2%	10%	291～1,164例

先天性疾患に対する催奇形性ウィルスの関与

ジカ熱、巨細胞封入体症などの病原微生物の感染によるものが主で、先天異常全体の8〜9%をしめます。

なお、環境要因の中で化学物質が関連しているとみられる割合は、先天性異常全体の1〜2%にとどまります。この理由のひとつは、化学物質に対する実験結果が陽性の場合には、ひとの実際の曝露量をはるかに上回る量を使用したケースが多いことです。

先天性奇形といえば、ベトナム戦争後に背中がくっついた兄弟が手術のために日本をおとずれて大きな話題となりました。マスコミはベトナム戦争で大量のダイオキシンを使用したのが原因と決めつけていました。医学生として読んだ戦前の古い病理学教科書中にこ

風疹症候群における主要変化の出現頻度

[Muentefering et al., 1981]

聴器障害	86%	白内障/緑内障	28%
網膜障害	83	脳障害	23
出生時低体重	54	肝　炎	15
心血管奇形	46	肝・脾腫	稀
成長遅滞	44	大脳内石灰化	稀
歯牙の障害	39	巣状骨端中部	
精神発達遅滞	35	骨粗しょう症	稀

胎児の風疹症候群にみられる主要な病変

のような例はシャム（東南アジアを支配したタイ国の名称）兄弟とよばれて東南地域に観察されると書かれていたので、因果関係を簡単に決めつけることに疑いをもちました。

ベトナム戦争後に出版された、米国のトキシコロジーの教科書にもダイオキシンの影響を調べた結果、ダイオキシンの使用された地域で作用を示唆する症例の多発など確認されなかったと記されていました。日本でも前記の教科書で先天性奇形の症例が江戸時代からけっこう多くあったことを知ることができます。

また、母校の医学博物館でも昭和の二・三十年代その標本が多種、多数陳列されており、昔から遺伝やウイルス感染、中毒など多

胎児巨細胞封入体症候群における病変の出現頻度

[Shinefield et al. Macmillan Press, 1979]

肝・脾腫	90%
血小板減少あるいは点状出血	70
黄疸	60
溶血性貧血	55
小頭症	40
子宮内成長遅滞	35
大脳内石灰化	25
骨端中節炎	25
肺炎	25
脈絡網膜炎	5
水頭症	稀

巨細胞封入体ウィルス感染による胎児の病変

彩な原因があったと予想しています。

先天性奇形の誘因としては、性染色体異常のほか、①男性の精巣中でつくられるテストステロンやアンドロゲン、ならびに副腎皮質でつくられる副腎ステロイドホルモンなどの合成異常、②外来性ホルモンの影響、③ホルモン産生腫瘍の関与などもあげられています。

男性の生殖毒性についていえば、精子自体や、精子の形成過程に対して直接の障害をおよぼす精巣への毒性をはじめ、精巣上体への障害誘因なども、精子の成熟場所に対する影響としてあらわれます。

女性の生殖毒性は直接の障害要因によってではなく、「視床下部―下垂体―卵巣軸」のホルモン調節機構を介した二次的な障害の発現によるものが多いのです。避妊剤は、このホルモン特性を逆利用して、排卵抑制、受精障害、着床阻害などにより妊娠成立を防止する働きをもちます。

バーにて

勇み足

BGM　O Mary don't you weep

がんの原因についての誤解：科学的根拠

もう二十五年以上も前になりますが、当時、「暮らしの手帖」ががんの原因について主婦の意識調査をした結果が記載されていました。驚いたことに、当時の主婦の知識としてがんの原因の筆頭が食品添加物、ついで農薬、たばこの順で、ウイルスや大気汚染は下位でした。

編集者の花森安治は有名なかたで、主婦の立場《たちば》で商品、食品などの不適当な表示を指摘することなど、当時この雑誌は主婦のみでなく男性が読んでも興味深い視点でユニークな雑誌として注目に値しました。

　しかし、われわれのように医師で、がんの原因を二十年以上も実験と人体病理検査の両面から調べてきたものからみると、編集者が病気の問題には素人にかかわらず、がんの原因を文献から短絡的思考で結論づけて公表するという勇み足をしてしまうことの無鉄砲さに、唖然としました。

　そのおかげ？　でしょうか、とくに主婦たちは、いまでも農薬や食品添加物によってがんになると思い込んでいるため、無農薬、無添加の食品ですと多少、高くても飛びついて買うような不思議な世の中になっています。

　しかも、がんの研究者でも変異原性という細胞中のＤＮＡなどの核酸に障害を与える因子は、無条件にひとのがんの原因になると思い込んでいるふしがあり、同様な見解が、がん学会のなかでも二十一世紀の今日、依然として尾をひいているようですので、この勇み足もうなずけはします。

　また当時は、女性の一生物学者によって「沈黙の春」が執筆され、農薬などの化学物質による環境汚染の問題を警告し、その功績が大いに称《たた》えられました。揚げ足をとるつもりは毛頭ありませんが、この中では、環境汚染の量的条件などはほとんど無視され、小さい動植物の被害はうなずけても、人間のがんの原因となる因子として結論づけるような勇み足には同調できませんでした。

がんをふくむ病気などの事象の発現や変化は、原因となる物質の量と質、人間に暴露する時間の三条件によって左右されると考えられ、そのために実験医学の研究で証拠を把握することが必須《ひっす》です。また、人間のように複雑で多種、多様な細胞からなり、防御能力なども備えた生体ががんになる条件については、実際に実験データをもとに検討している専門家の意見を傾聴することが必要です。

がんは昔からもっとも厄介な病気のひとつで、その原因なども世間の注目をひく課題です。二十世紀の後半はとくに化学物質の毒性や発がん性の有無が注目され、世界的に医科学者などが中心となって大規模な安全性試験などが実施され、その評価などから、化学物質などの発がん性有無の問題探求に成果をあげました。

たとえば、この半世紀に人間に対する農薬や食品添加物の毒性の問題が解析され、その因果関係や毒性機序などが解決されましたが、人間などにがんの発生をまねいた例は一例も確認されていません。農薬・食品添加物に対する過度の危険視は、せっかく植物の病気をまもり、食品の保全・安全化をめざして開発された成果を軽視し、かえって健康をそこなう、カビ・細菌・寄生虫などの因子の増加につながっています。

そもそも農薬は医薬がひとやペットや家畜をふくめた生物の病気をなおす薬であるのと同様に、植物の生存をさまたげる病いをなおす薬です。とくに現代では毒作用などの少ないすぐれた農薬が登場しています。せまい土地では農薬がなくても人手をかければ一応の農作物は得られますが、飢えのたえない世界では、大規模な農業政策のもとに大量生産を効率的におこなうことが求められます。

二十世紀の後半では、その安全性対策に費用をかけて責任のもてる充実した内容の試験がおこなわれました。すなわち、欧米や日本などで化学物質の毒性や発がん性を検討する目的で、医学者、獣医学者、実験動物学者、生物学者など幅広い分野の研究者がトキシコロジー、毒性学の観点にたって長期の実験・試験をおこないました。その結果として毒性のみでなく発がん性も原因因子の量的、質的条件と生体に対する暴露時間を条件として発生する現象であることがあきらかになりました。

生体では体重１kgに対し、mg単位以上の量をあたえることで、はじめて発がん現象が確認されました。もちろん最強の発がん性をしめすといわれるアフラトキシンというかび毒では、0.1mgrでも発生の可能性があるという例外もありますが、このアフラトキシンでも日本人の肝臓がんの原因とは考えられていません。

発生原因因子に対する予防対策は実際の暴露で量的に大きいものをまず重視するのが当然です。

自動車社会の地域では大気中の発がん性PM2・5の量はたばこの煙やおこげ、秋刀魚の煙などにふくまれる発がん物質量の千倍から百万倍の多量をしめすデータが発表されています。後者はすべてナノグラム単位という一グラムの十万分の一にしかすぎず、トースト一片中の発がん物質（エチルカーバメート）量とおなじレベルです。トーストのこの発がん量がWHOで発表されているたばこの煙中の発がん物質の量と同レベルであることが研究で発表されていても、知っている人が皆無に近いのです。

たばこの煙の発がん性を強調する学者や医師も、自己の運転する車からの排気ガスがもっと多量の発がん性をふくむ事実を無視している現状はなげかわしいと思います。

バーにて
勇み足

BGM　エレファントトーク

寝耳に水

教職を辞め、実験医学に専念するために静岡県にある財団法人の安全性試験をおこなう機関で、二十年以上仕事をしていた時期がありました。

赴任して五年ほどたった頃、東京から当時、厚生省の薬務局長の某氏が小生を訪ねてきました。その用件は、先日、議会で厚生省のＫ大臣が小生の名前をあげ、当時ヨーロッパの一国で開発された薬剤の発がん性試験に関与しているが、この薬剤に発がん性のあることを輸入した製薬会社が隠している。したがって、その薬の試験報告の責任者となっている小生は不適であるという指摘があったのでこの試験に関与させないように、という内容でした。

筆者にはもちろん事前の連絡もK大臣からはなく、それこそ寝耳に水の話でした。しかし、この薬剤の安全性については急性毒性をふくめて試験の内容を知っており、その薬剤の安全性については自分以外に評価できません。試験を続行し、もし発がん性について疑義をもつなら試験の報告書を小生が作成後、そのデータを厚生省管轄の、当時の国の衛生試験センターの病理部長に目をとおしていただきたい、と述べて局長には帰ってもらいました。

あとで判明しましたが、当時、この製薬会社では労働組合との対立があり、K大臣が組合からの情報で会社が発がん試験でがん発生のあったことを隠蔽《いんぺい》していると聞き、担当の筆者には一言も問いあわせもなく、会社側の人間として、試験の担当には不適と発言したようです。

欧米や日本の研究者が大掛かりの発がん試験に適当な動物の一つとして推薦しているB6C3F1系のマウスがこの試験にも使用されましたが、このマウスは長期飼育中、薬剤を投与されない対照群の場合でも自然発生する肝臓がんが観察されており、この領域の試験では経験の浅い組合員の研究者が誤解して会社を糾弾《きゅうだん》する資料にしたようでした。日本と英国でおこなわれたこの薬剤の発がん試験結果は、発がん性マイナスでしたが、一度、新聞などでプラスのように発表されると発がん性のうたがいは消えないために、会社は日本への導入を断念しました。欧米では立派に患者の治療に役立っています。

国会での議事は官報に記録され、当時の週刊誌でも大臣の発言は会社を糾弾するトピックとして取り上げられ、おかげで筆者は会社側の似非《えせ》研究者とされ、レッテル貼り好きのいまの風潮をつくる人びとの餌食《えじき》になりました。

一国《いっこく》の大臣が話の内容の真偽を当事者に問いあわせることもしないで、議会の場で指摘したことに驚きました。しかし、週刊誌などで取り上げられるこの種の話は、一般のひとにはそのまま真実と理解されるため、その後の学会活動などでいわれのない評価を一部からうける羽目になりました。

当時は環境中の発がん物質として、農薬をはじめ人工の化学物質がよく標的となり、安全性をチェックする実験にたずさわった経験もない化学屋のライターなどがこぞって書きまくっていた時代でした。K大臣はのちに首相にもなりましたが、このような本人を選ぶ土壌《どじょう》のあるのが日本の現実ですので、この種の仕打ちに合うのは当然のことです。

バーにて　お節介

BGM　ダンディ

喫煙者の健康問題

喫煙や飲酒はいわゆる嗜好です。こういったものは個人個人が自分の好みと自制心で嗜《たしな》むものと考えます。したがってのみ方は自分流でよいと思います。

喫煙の功罪は次頁の表に左右に分けて羅列してしめしました。煙の中にふくまれるニコチンの薬理作用は中脳の部にあるニコチンの受容体をへて発揮され、ドパミンという一種のアミンの作用が賦活《ふかつ》されて眠気をさましたり、学習能力を増したりすると薬学会発行の成書に記載

喫煙の功罪

喫煙文化

○嗜好と憩い

○ストレス減退

○学習能力賦活

○覚醒作用

喫煙の害：ニコチン中毒

×心・血管系臓器や肺・呼吸器系障害

×口腔吸引による障害（歯など）

×大気中の汚染（ＰＭ 2.5、発がん性）
物質の肺への吸入を増す

×依存性

周囲への悪影響

×マナーの弊害

×妊婦・胎児への害

×火災の原因

されています。

同時に依存性を高めることは、マイナス面であると述べられています。ニコチンは血管を収縮して血圧をあげる作用をしめしますので、高血圧や心臓病の患者や妊婦は危険度を高めることになります。禁煙してください。

さて、喫煙ではたばこの吸入時にその火で七百度近くも熱が上がりますので、大気中に含まれる発がん性や毒性物質を活性化する可能性があり、とくに気管の粘膜中にはこれらの化学物質、ベンズピレンなどの多環式炭水化物類の受容体があり、余計に障害が増すおそれがあります。外で喫煙するのをひかえ、室内で吸うことをすすめます。室内では喫煙室でも非喫煙室でも、空気中の発がん物質の量はほとんど差のないという測定データがありますので安心してよいのです。

しかし過度の飲みすぎや、吸い過ぎは当然さけなければ害があらわれます。ここでは喫煙者の健康維持で肝要な諸点を述べます。

まず喫煙は、空に星がたくさん見えるような地域以外では、できるだけ室内でおこなうのが健康を保つ第一の方法です。世間ではよく喫煙は屋外でとすすめますが、自動車社会の現在、がんの原因の話の中で前述したように、大気中に発がん物質や毒性物質の多く含まれる粒子状物質のＰＭ２・５が存在しますので健康上危険です。
とくに喫煙行為は口呼吸をしてしまうため、これらの汚染物質をたばこの煙といっしょに鼻を通さず口から直接気管や肺に吸い込むことになり、からだをよけいに障害する原因となってしまいます。

鼻が生物の呼吸で外来の汚染物質を防御する大きな役目をもつことを、ふしぎなことに呼吸器系の臨床医はあまり認識していません。鼻は耳鼻咽喉科の臨床領域と考え、その機能や鼻腔の構築などに無関心な結果でしょう。しかし、動物も魚も食べ物を食べる以外では、口をとじて鼻で息《いき》をしているのが常態です。

人間は話をしたりする以外でも、口を無意味に開けているひとが増えているようですが、汚染されて大気中では健康上好ましくないのです。ひとは日々二十四時間呼吸しています。汚染された大気の環境内に長期生活していると、喘息《ぜんそく》や肺の細気管支炎といった病気にかかる可能性が多いのです。とくに就寝まえに鼻をかみ、喀痰《かくたん》を排出する習慣をすすめます。

夜空に星の見えるような、汚染のない地域で生活していた米国インディアンや江戸時代から昭和の戦後二十年ほどの間の日本人には、肺がんがほとんどなかったことは確かな事実です。日本が自動車社会となった昭和四十年頃から五十年ほどたったいまでは、胃がんよりも多発して第一位の発生がんとなっています。

バーにて

お節介

BGM　あかね雲

飲酒者の健康問題

飲酒も個人個人の趣向の差で飲むアルコール飲料はまちまちであり、飲み方も千差万別です。飲酒の功罪も左右にわけて項目を羅列《られつ》しました。それぞれのひとが過度の飲酒をつつしむ自制心と、周囲への迷惑に配慮する気持ちをもてば、とくに問題はないと思います。

しかし、健康上は醸造過程で生産されるアルコール飲料中には、その種類によって発がんの可能性をもつような、かなり高い濃度がふくまれることが発表されていま

飲酒の功罪

飲酒のすすめ
○嗜好と文化
○中枢作用・心の和み
○身体機能への好影響
○栄養的価値

アルコール中毒と害
×アルコール代謝における個人差
　急性中毒と慢性中毒
×中枢・抹消神経障害
×肝臓障害・肝がんなど
×依存性

周囲への悪影響
×酩酊
×暴力
×責任力消失
×交通事故

す。

アルコール濃度の低いビールなどでは危険性はほとんどないようですが、四十度を超えるブランデーやウイスキーにふくまれる発がん性物質の量は、かなり高いことが報告されています。事実、これらを薄めずに直接飲酒し続けたひとでは、口腔、喉咽頭部、食道の粘膜に障害をあたえ、長期の継続によってそれぞれの部にがんを発生する可能性を否定できません。

ＷＨＯの調査でも、醸造酒にはひとのがんの発生をまねくことを指摘しています。ブランデーもウイスキーも作成されたストレートの濃度で味わうのが最適と思いますが、がんの発生を防ぐ方法は、チェーサーによる洗いです。チェーサーは水やアルコール度の低いビール類がおすすめです。数分たってからこれらで洗うことをすすめます。

エピローグ

情報化と高度の科学技術的な発展は世界的にレベルアップした生活環境を生みましたが、反面、善と悪の両面やそれぞれの国民、民族、宗教の「価値観」の対立・反発がますます増長される結果をまねいている現状です。

ひとの「命」の大切さをおろそかにする人間は、依然数多《かず》くおり、とくに生《い》け贄《にえ》的発想の宗教家や殺人兵器によるもうけ商人が温存される世の中が続く限り、人間全体にとって不幸な結末となる危機をかかえています。

現在の日本人像は、昭和維新人が戦前や戦中、戦後に体験した精神的、財政的な苦難や、伝染病・寄生虫疾患・栄養失調などの罹患をへながらも、自分たちの後継者が幸福でおだやかな生活ができるよう念願した期待像からはまったくはずれているようです。

不法な銃器使用者や麻薬の販売者、人身売買仲介者などの組織は一種の人災であり、このような火種《ひだね》を二十一世紀にも温存する政治家の真意が不可解です。たとえ科学や医学の近年の進歩に感服しながらも、自身の住みがたい現実の世のなかに失望している維新人が理解されれば幸いです。

感性をみがくことも大切ですが、理性によって知識が実践で実《みの》ることを望みます。だれでもが「ハダカの人間」としての生物学的な弱みをもつ以上、将来の人間社会はその背景である疾患予防の重要性とそのための基礎医学、実験医学の必要性をあらためて悟《さと》り、人間社会の歴史を左右する病気の問題も真摯《しんし》に考えながら将来計画を講《こう》じることが求められます。

遺伝の知識の活用による優生学的対策の革新など、数多の倫理上の問題が放出される今後の世の中に対処できるよう、宗教家みずからの自覚や、教育界の革新的な変貌《へんぼう》が求められます。

昭和維新人には、明治維新人とくらべて有名人は少ないようですが、明治時代におとらない国難下で耐え、ときには海外にも進出して、体験や知見・技術を日本の戦後復興に生かすなど、さまざまな貢献をした多彩な人びとが数多くいます。

謝辞

筆者の意向を理解して出版していただいた株式会社日本地域社会研究所の落合英秋社長と、編集にご協力いただいた落合史子さん、矢野恭子さんに感謝いたします。

参考文献

榎本眞 『リスクアセスメントの将来展望』十六回日本学術会議毒科学シンポジウム、１９９４

M Enomoto『A search for chemical agents causing human cancer –Lessons learned from rodent carcinogenicity studies-』J. Toxicological Sciences, 25[5],381-392, 2000.

M Ennomoto,W.J.Tierney,K Nozaki『Risk of human healty by particulate matter as a source of air pollution-Comparison with tabacco smoking-』J.toxicolocical Sciences,33[3],251-267,2008

榎本眞『化学物質の功罪』（日本地域社会研究所）第２版 2011

＊文面中の引用文献も参照してください

著者紹介

榎本　眞（えのもと・まこと）
医学博士。昭和４年、東京生まれ。
昭和 27 年、東京大学医学部医学科卒業。東京大学医科学研究所助教授、聖マリアンナ医科大学病理学教室教授、中央災害防止協会日本バイオアッセイ研究センター病理部長、（財）食品農医薬品安全性評価センター副理事長を歴任。
元、（株）組織化学研究所技術顧問、（ＮＰＯ）日本医学交流会医療団顧問、瀋陽中国化工研究院安評中心技術顧問。
名誉会員：日本毒性病理学会、日本癌学会、米国微生物学会、日本トキコロジー学会。
著書に『化学物質の功罪』（日本地域社会研究所刊）がある。

昭和維新人《しょうわいしんじん》のつぶやき

2018 年 3 月 10 日　第 1 刷発行

著　者　榎本《えのもと》　眞《まこと》
発行者　落合英秋
発行所　株式会社 日本地域社会研究所
〒 167-0043　東京都杉並区上荻 1-25-1
TEL（03）5397-1231（代表）
FAX（03）5397-1237
メールアドレス tps@n-chiken.com
ホームページ http://www.n-chiken.com
郵便振替口座 00150-1-41143
印刷所　モリモト印刷株式会社

ISBN978-4-89022-214-8